Pedro Antonio de Alarcón

Cosas que fueron

Barcelona **2024**
Linkgua-ediciones.com

Créditos

Título original: Cosas que fueron.

© 2024, Red ediciones S.L.

e-mail: info@linkgua.com

Diseño de cubierta: Michel Mallard.

ISBN tapa dura: 978-84-9897-313-6.
ISBN rústica: 978-84-96290-55-6.
ISBN ebook: 978-84-9897-171-2.

Sumario

Brevísima presentación

La vida

Pedro Antonio de Alarcón (Guadix, Granada, 1833-Madrid, 1891). España. Hizo periodismo y literatura. Su actividad antimonárquica lo llevó a participar en el grupo revolucionario granadino «la cuerda floja».

Intervino en un levantamiento liberal en Vicálvaro, en 1854, y —además de distribuir armas entre la población y ocupar el Ayuntamiento y la Capitanía general— fundó el periódico La Redención, con una actitud hostil al clero y al ejército. Tras el fracaso del levantamiento, se fue a Madrid y dirigió El Látigo, periódico de carácter satírico que se distinguió por sus ataques a la reina Isabel II.

Sus convicciones republicanas lo implicaron en un duelo que trastornó su vida, desde entonces adoptó posiciones conservadoras.

Cosas que fueron es un cuadro de costumbres de la España del XIX.

Al excelentísimo señor don Manuel M. de Santa Ana

Padrino que fue de la primera edición del presente libro, publicado el año de 1871, dedica también esta edición

Su afectísimo amigo y compañero,

El autor.

LA NOCHEBUENA DEL POETA

En un rincón hermoso
De Andalucía
Hay un valle risueño...
¡Dios lo bendiga!
Que en ese valle
Tengo amigos, amores,
Hermanos, padres.
(De *El Látigo.*)

I

Hace muchos años (¡como que yo tenía siete!) que, al oscurecer de un día de invierno, y después de rezar las tres Avemarías al toque de Oraciones, me dijo mi padre con voz solemne:

—Pedro: hoy no te acostarás a la misma hora que las gallinas: ya eres grande y debes cenar con tus padres y con tus hermanos mayores. Esta noche es Nochebuena.

Nunca olvidaré el regocijo con que escuché tales palabras.

¡Yo me acostaría tarde!

Dirigí una mirada de triunfo a aquellos de mis hermanos que eran más pequeños que yo, y me puse a discurrir el modo de contar en la escuela, después del día de Reyes, aquella primera aventura, aquella primera calaverada, aquella primera disipación de mi vida.

II

Eran ya las Ánimas, como se dice en mi pueblo.

¡En mi pueblo: a noventa leguas de Madrid: a mil leguas del mundo: en un pliegue de Sierra Nevada!

¡Aún me parece veros, padres y hermanos!

Un enorme tronco de encina chisporroteaba en medio del hogar: la negra y ancha campana de la chimenea nos cobijaba: en los rincones estaban mis dos abuelas, que aquella noche se quedaban en nuestra casa a presidir la ceremonia de familia; enseguida se hallaban mis padres, luego nosotros, y entre nosotros, los criados...

Porque en aquella fiesta todos representábamos la Casa, y a todos debía calentarnos un mismo fuego.

Recuerdo, sí, que los criados estaban de pie y las criadas acurrucadas o de rodillas. Su respetuosa humildad les vedaba ocupar asiento.

Los gatos dormían en el centro del círculo, con la rabadilla vuelta a la lumbre.

Algunos copos de nieve caían por el cañón de la chimenea, ¡por aquel camino de los duendes!

¡Y el viento silbaba a lo lejos, hablándonos de los ausentes, de los pobres, de los caminantes!

Mi padre y mi hermana mayor tocaban el arpa, y yo los acompañaba, a pesar suyo, con una gran zambomba.

¿Conocéis la canción de los Aguinaldos, la que se canta en los pueblos que caen al Oriente del Mulhacem?

Pues a esa música se redujo nuestro concierto.

Las criadas se encargaron de la parte vocal, y cantaron coplas como la siguiente:

> Esta noche es Nochebuena,
> Y mañana Navidad;
> Saca la bota, María,
> Que me voy a emborrachar.

Y todo era bullicio; todo contento. Los roscos, los mantecados, el alajú, los dulces hechos por las monjas, el rosoli, el aguardiente de guindas circulaban de mano en mano... Y se hablaba de ir a la Misa del Gallo a las doce de la noche, y a los Pastores al romper el alba, y de hacer sorbete con la nieve que tapizaba el patio, y de ver el Nacimiento que habíamos puesto los muchachos en la torre...

De pronto, en medio de aquella alegría, llegó a mis oídos esta copla, cantada por mi abuela paterna:

La Nochebuena se viene,
La Nochebuena se va,
Y nosotros nos iremos
Y no volveremos más.

A pesar de mis pocos años, esta copla me heló el corazón.

Y era que se habían desplegado súbitamente ante mis ojos todos los horizontes melancólicos de la vida.

Fue aquel un rapto de intuición impropia de mi edad; fue milagroso presentimiento; fue un anuncio de los inefables tedios de la poesía; fue mi primera inspiración... Ello es que vi con una lucidez maravillosa el fatal destino de las tres generaciones allí juntas y que constituían mi familia. Ello es que mis abuelas, mis padres y mis hermanos me parecieron un ejército en marcha, cuya vanguardia entraba ya en la tumba, mientras que la retaguardia no había acabado de salir de la cuna. ¡Y aquellas tres generaciones componían un siglo! ¡Y todos los siglos habrían sido iguales! ¡Y el nuestro desaparecería como los otros, y como todos los que vinieran después!...

La Nochebuena se viene,
La Nochebuena se va...

Tal es la implacable monotonía del tiempo, el péndulo que oscila en el espacio, la indiferente repetición de los hechos, contrastando con nuestros leves años de peregrinación por la tierra...

¡Y nosotros nos iremos
Y no volveremos más!

¡Concepto horrible, sentencia cruel, cuya claridad terminante fue para mí como el primer aviso que me daba la muerte, como el primer gesto que me hacía desde la penumbra del porvenir!

Entonces desfilaron ante mis ojos mil Nochesbuenas pasadas, mil hogares apagados, mil familias que habían cenado juntas y que ya no existían; otros niños, otras alegrías, otros cantos perdidos para siempre; los amores de mis abuelas, sus trajes abolidos, su juventud, los recuerdos que les asaltarían en aquel momento; la infancia de mis padres, la primera Nochebuena de mi familia; todas aquellas dichas de mi casa anteriores a mis siete años... ¡Y luego adiviné, y desfilaron también ante mis ojos mil Nochesbuenas más, que vendrían periódicamente, robándonos vida y esperanza; alegrías futuras en que no tendríamos parte todos los allí presentes, mis hermanos, que se esparcirían por la tierra; nuestros padres, que naturalmente morirían antes que nosotros; nosotros solos en la vida; el siglo XIX sustituido por el siglo XX; aquellas brasas hechas ceniza; mi juventud evaporada; mi ancianidad, mi sepultura, mi memoria póstuma, el olvido de mí; la indiferencia, la ingratitud con que mis nietos vivirían de mi sangre, reirían y gozarían, cuando los gusanos profanaran en mi cabeza el lugar en que entonces concebía todos aquellos pensamientos!...

Un río de lágrimas brotó de mis ojos. Se me preguntó por qué lloraba, y, como yo mismo no lo sabía, como no podía discernirlo claramente, como de manera alguna hubiera podido explicarlo, interpretóse que tenía sueño y se me mandó acostar...

Lloré, pues, de nuevo con este motivo, y corrieron juntas, por consiguiente, mis primeras lágrimas filosóficas y mis últimas lágrimas pueriles, pudiendo hoy asegurar que aquella noche de insomnio, en que oí desde la cama el gozoso ruido de una cena a que yo no asistía por ser demasiado niño (según se creyó entonces), o por ser ya demasiado hombre (según deduzco yo ahora), fue una de las más amargas de mi vida.

Debí al cabo de dormirme, pues no recuerdo si quedaron o no en conversación la Misa del Gallo, la de los Pastores y el sorbete proyectado.

III

¿Dónde está mi niñez?

Paréceme que acabo de contar un sueño.

¡Qué diablo! ¡Ancha es Castilla!

Mi abuela paterna, la que cantó la copla, murió hace ya mucho tiempo.

En cambio mis hermanos se casan y tienen hijos.

El arpa de mi padre rueda entre los muebles viejos, rota y descordada.

Yo no ceno en mi casa hace algunas Nochesbuenas.

Mi pueblo ha desaparecido en el océano de mi vida, como islote que se deja atrás el navegante.

Yo no soy ya aquel Pedro, aquel niño, aquel foco de ignorancia, de curiosidad y de angustia que penetraba temblando en la existencia.

Yo soy ya... ¡nada menos que un hombre, un habitante de Madrid, que se arrellana cómodamente en la vida, y se engríe de su amplia independencia, como soltero, como novelista, como voluntario de la orfandad que soy, con patillas, deudas, amores y tratamiento de usted!!!

¡Oh! Cuando comparo mi actual libertad, mi ancho vivir, el inmenso teatro de mis operaciones, mi temprana experiencia, mi alma descubierta y templada como piano en noche de concierto, mis atrevimientos, mis ambiciones y mis desdenes, con aquel rapazuelo que tocaba la zambomba hace quince años en un rincón de Andalucía, sonríome por fuera, y hasta lanzo una carcajada, que considero de muy buen tono, mientras que mi solitario corazón destila en su lóbrega caverna, procurando que no las vea nadie, lágrimas de infinita melancolía...

¡Lágrimas santas, que un sello de franqueo lleva al hogar tranquilo donde envejecen mis padres!

IV

Conque vamos al negocio; pues, como dicen los muchachos por esas calles de Dios:

> Esta noche es Nochebuena
> Y no es noche de dormir,
> Que está la Virgen de parto
> Y a las doce ha de parir.

¿Dónde pasaré la noche?
Afortunadamente, puedo escoger.
Y, si no, veamos.
Estamos a 24 de diciembre de 1855 en Madrid.
Conocemos por su nombre a los mozos de los cafés.

Tratamos tú por tú a los poetas aplaudidos, semidioses, por más señas, para los aficionados de provincias.

Visitamos los teatros por dentro, y los actores y los cantantes nos estrechan las manos entre bastidores.

Penetramos en la redacción de los periódicos, y estamos iniciados en la alquimia que los produce. Hemos visto los dedos de los cajistas tiznados con el plomo de la palabra, y los dedos de los escritores tiznados con la tinta de la idea.

Tenemos entrada en una tribuna del Congreso, crédito en las fondas, tertulias que nos aprecian, sastre que nos soporta...

¡Somos felices! Nuestra ambición de adolescente está colmada. Podemos divertirnos mucho esta noche. Hemos tomado la tierra. Madrid es país conquistado. ¡Madrid es nuestra patria! ¡Viva Madrid!

Y vosotros, jóvenes provincianos, que, a la caída de la tarde, en el otoño, solitarios y tristes, sacáis a pasear por el campo vuestros impotentes deseos de venir a la corte; vosotros, que os sentís poetas, músicos, pintores, oradores, y aborrecéis vuestro pueblo, y no habláis con vuestros padres, y lloráis de ambición, y pensáis en suicidaros... vosotros... ¡reventad de envidia, como yo reviento de placer!

V

Han pasado dos horas.

Son las nueve de la noche.

Tengo dinero.

¿Dónde cenaré?

Mis amigos, más felices que yo, olvidarán su soledad en el estruendo de una orgía.

—¡La noche es de vino! —exclamaban hace poco rato.

Yo no he querido ser de la partida...

—La noche es de lágrimas —les he contestado con desdén.

Mis tertulias están en los teatros. ¡Los madrileños celebran la Natividad de Nuestro Señor Jesucristo oyendo disparatar a los comediantes!

Algunas familias, en las que soy extranjero, me han querido dar la limosna de su calor doméstico, convidándome a comer —¡porque ya no cenamos!...—. Pero yo no he ido; yo no iré; yo no quiero eso; yo busco mi cena pascual, la colación de Nochebuena, mi casa, mi familia, mis tradiciones, mis recuerdos, las antiguas alegrías de mi alma... ¡la Religión que me enseñaron cuando niño!

VI

¡Ah! Madrid es una posada.

En noches como esta se conoce lo que es Madrid.

Hay en la corte una población flotante, heterogénea, exótica, que pudiera compararse a la de los puertos francos, a la de los presidios, a la de las casas de locos.

Aquí hacen alto todos los viajeros que van de paso al porvenir, al reino fantástico de la ambición, o los que vuelven de la miseria y del crimen...

La mujer hermosa viene aquí a casarse o a prostituirse.

La pasiega deshonrada, a criar.

El mayorazgo, a arruinarse.

El literato, por gloria.

El diputado, a ser ministro.

El hombre inútil, por un empleo.

Y el sabio, el inventor, el cómico, el poeta, el gigante, el enano; así el que tiene una rareza en el alma, como el que la tiene en el cuerpo; lo mismo el monstruo de siete brazos o de tres narices, que el filósofo de doble vista; el charlatán, que el reformador; el que escribe melodías sublimes, que el que hace billetes falsos, todos vienen a vivir algún tiempo a esta inmensa casa de huéspedes.

Los que logran hacerse notar; los que encuentran quién los compre; los que se enriquecen a costa de sí mismos, se tornan en posaderos, en caseros, en dueños de Madrid, olvidándose del suelo en que se criaron...

Pero nosotros, los caminantes, los inquilinos, los forasteros, nos damos cuenta esta noche de que Madrid es un vivac, un destierro, una prisión, un purgatorio...

Y por la primera vez en todo el año conocemos que ni el café, ni el teatro, ni el casino, ni la fonda, ni la tertulia son nuestra casa...

Es más; ¡conocemos que nuestra casa no es nuestra casa!

VII

La Casa, aquella mansión tan sagrada para el patriarca antiguo, para el ciudadano romano, para el señor feudal, para el árabe; la Casa, arca santa de los Penates, templo de la hospitalidad, tronco de la raza, altar de la familia, ha desaparecido completamente en las capitales modernas.

La Casa existe todavía en los pueblos de provincia.

En ellos, nuestra casa es casi siempre nuestra...

En Madrid, casi siempre es del casero.

En provincias, cuando menos, la casa nos alberga veinte, treinta, cuarenta años seguidos...

En Madrid se muda de casa todos los meses, o, a más tardar, todos los años.

En provincias la fisonomía de la casa siempre es igual: simpática, cariñosa; envejece con nosotros; recuerda nuestra vida; conserva nuestras huellas...

En Madrid se revoca la fachada todos los años bisiestos; se visten las habitaciones con ropa limpia; se venden los muebles que consagró nuestro contacto.

Allí nos pertenece todo el edificio: el yerboso patio, el corral lleno de gallinas, la alegre azotea, el profundo pozo, terror de los niños, la torre monumental, los anchos y frescos cenadores...

Aquí habitamos medio piso, forrado de papel, partido en tugurios, sin vistas al cielo, pobre de aire, pobre de luz.

Allí existe el afecto de la vecindad, término medio entre la amistad y el parentesco, que enlaza a todas las familias de una misma calle...

¡Aquí no conocemos al que hace ruido sobre nuestro techo, ni al que se muere detrás del tabique de nuestra alcoba y cuyo estertor nos quita el sueño!

En provincias todo es recuerdos, todo amor local: en un lado, la habitación donde nacimos; en otro, la en que murió nuestro hermano; por una parte, la pieza sin muebles en que jugábamos cuando niños; por otra, el gabinete en que hicimos los primeros versos... y en un sitio dado, en la cornisa de una columna, en un artesonado antiguo, el nido de golondrinas, al cual vienen todos los años dos fieles esposos, dos pájaros de África, a criar una nueva prole...

En Madrid se desconoce todo esto.

¿Y la chimenea? ¿Y el hogar? ¿Y aquella piedra sacrosanta, fría en el verano y durante las ausencias, caliente y acariciadora en el invierno, en aquellas noches felices que ven la reunión de todos los hijos en torno de sus padres, pues hay vacaciones en el colegio, y los casados han acudido con sus pequeñuelos, y los ausentes, los hijos pródigos, han vuelto al seno de su familia? ¿Y ese hogar?...

Decidme, ¿dónde está ese hogar en las casas de la corte?

¿Será un hogar acaso la chimenea francesa, fábrica de mármol y hierro, que se vende en públicos bazares, y hasta se alquila en caso necesario?

¡La chimenea francesa! ¡He aquí el símbolo de una familia cortesana! ¡He aquí vuestro hogar, madrileños! ¡Hogar sujeto a la moda; hogar que se enajena cuando está antiguo; hogar que muda de habitación, de calle y de patria; hogar, en fin (y esto lo dice todo), que se empeña en un día de apuro!

VIII

He pasado por una calle, y he oído cantar sobre mi cabeza, entre el ruido de copas y de platos y las risas de alegres muchachas, la copla fatídica de mi abuela:

> La Nochebuena se viene,
> La Nochebuena se va,
> Y nosotros nos iremos
> Y no volveremos más.

—He ahí —me he dicho— una casa, un hogar, una alegría, un besugo y una sopa de almendra que pudiera comprar por tres o cuatro duros...

En esto, me ha pedido limosna una madre que llevaba dos niños: el uno en brazos, envuelto en deshilachado mantón, y el otro, más grande, cogido de la mano. ¡Ambos lloraban, y la madre también!

19

IX

No sé cómo he venido a parar a este café, donde oigo sonar las doce de la noche, ¡la hora del Nacimiento!

Aquí solo, aunque bulle a mi alrededor mucha gente, he dado en analizar la vida que llevo desde que abandoné mi casa paterna, y me ha horrorizado por primera vez esta penosa lucha del poeta en Madrid: ¡lucha en que sacrifica a una vana ambición tanta paz, tantos afectos!

¡Y he visto a los vates del siglo XIX convertidos en gacetilleros; a la Musa, con las tijeras en la mano despedazando sueltos y noticias; a los que en otros siglos hubieran cantado la epopeya de la Patria, zurcir hoy artículos de fondo, para rehabilitar un partido político, y ganar 50 duros mensuales!...

¡Pobres hijos de Dios! ¡Pobres poetas!

Dice Antonio Trueba (a quien dedico estos renglones):

> Hallo tantas espinas
> En mi jornada,
> Que el corazón me duele,
> ¡Me duele el alma!...

¡He aquí mi Nochebuena del presente, mi Nochebuena de hoy!

Luego he tornado otra vez la vista a las Nochesbuenas de mi pasado, y, atravesando la distancia con el pensamiento, he visto a mi familia, que en esta hora patética me echará de menos; a mi madre, estremeciéndose cada vez que gime el viento en el cañón de la chimenea, como si aquel gemido pudiese ser el último de mi vida; a unos diciendo: «¡Tal año estaba aquí!». A, otros: «¿Dónde estará ahora?...».

¡Ay, no puedo más! ¡Yo os saludo a todos con el alma, queridos míos! Sí; yo soy un ingrato, un ambicioso, un mal hermano, un mal hijo... ¡Pero, ¡ay!, otra vez, y, ¡ay!, cien mil veces! Yo siento en mí una fuerza sobrenatural que me lleva hacia adelante y que me dice: ¡Tú serás! ¡Voz de maldición que estoy oyendo desde que yacía en la cuna!

Y ¿qué he de ser yo, desdichado? ¿Qué he de ser?

Y nosotros nos iremos
Y no volveremos más.

¡Ah! Yo no quiero irme; yo quiero volver; inmolo demasiado en la contienda para no salir victoroso; triunfaré en la vida y triunfaré de la muerte... ¿No ha de tener recompensa esta infinita angustia de mi alma?

Es muy tarde.
La copia de la difunta sigue revoloteando sobre mi cabeza:

La Nochebuena se viene

¡Ah, sí! ¡Vendrán otras Nochesbuenas —me he dicho— reparando en mis pocos años.
Y he pensado en las Nochesbuenas de mi porvenir.
Y he empezado a formar castillos en el aire.
Y me he visto en el seno de una familia venidera, en el segundo crepúsculo de la vida, cuando ya son frutos las flores del amor.
Ya se había calmado esta tempestad de amor y lágrimas en que zozobro, y mi cabeza reposaba tranquila en el regazo de la paciencia, ceñida con las flores melancólicas de los últimos y verdaderos amores.
¡Yo era ya un esposo, un padre, el jefe de una casa, de una familia!
El fuego de un hogar desconocido ha brillado a lo lejos, y a su vacilante luz he visto a unos seres extraños que me han hecho palpitar de orgullo.
¡Eran mis hijos!...
Entonces he llorado...
Y he cerrado los ojos para seguir viendo aquella claridad rojiza, aquella profética aparición, aquellos seres que no han nacido...
La tumba estaba ya muy próxima... Mis cabellos blanqueaban...
Pero ¿qué importaba ya? ¿No dejaba la mitad de mi alma en la madre de mis hijos? ¿No dejaba la mitad de mi vida en aquellos hijos de mi amor?
¡Ay! En vano quise reconocer a la esposa que compartía allí conmigo el anochecer de la existencia...

La futura compañera que, Dios me tenga destinada, esa desconocida de mi porvenir, me volvía la espalda en aquel momento...

¡No: no la veía!... Quise buscar un reflejo de sus facciones en el rostro de nuestros hijos, y el hogar empezó a apagarse.

Y cuando se apagó completamente, yo seguía viéndolo...

¡Era que sentía su calor dentro de mi alma!

Entonces murmuré por última vez:

La Nochebuena se va...

Y me quedé dormido... como pude quedarme muerto.

Cuando desperté, se habla ido ya la Nochebuena.

Era el primer día de Pascua.

1855

LAS FERIAS DE MADRID

Sunt lachrimae rerum.
(Virgilio.)

I

No creáis que es un artículo de costumbres, a la manera de los discretísimos y famosos de nuestro Curioso Parlante, lo que me propongo escribir hoy... Ni yo tendría fuerzas para tanto, ni, teniéndolas, incurriría en semejante anacronismo. Y digo esto, porque los artículos de costumbres no están ya de moda... ¡Cómo han de estarlo (perdonadme la rudeza de la expresión), si no se estilan ya las costumbres!!!... ¡Las costumbres, que son, o que eran, el alma de la vida y la vida toda de la sociedad!

Propóngome aquí únicamente sacar una especie de fotografía de las Ferias de Madrid (este año que, faltando también a su costumbre inveterada, se han trasladado de la calle de Alcalá al paseo de Atocha) y consignar algunas reflexiones melancólicas, por las cuales he venido a deducir que, si de la moderna sociedad van desapareciendo las costumbres, no acontece lo propio con los vicios.

Manos, pues, a la obra.

II

Como caen de los árboles las hojas secas, para abonar la tierra que embellecieron y sombrearon, y cooperar al florecimiento de otra primavera futura, así los trastos viejos de las Ferias de Madrid (impelidos por aquel mismo viento de la caída de la pámpana que arranca a los tísicos de las alcobas y se los lleva al camposanto) se desprenden, todos los otoños, de los sotabancos y bohardillas de la corte, y se convierten en lúgubres mueblajes para casas de huéspedes, o en ajuares de media tijera para matrimonios nuevos. Tal es la ley universal de lo creado.

Yo he visto (y sirva de prólogo esta digresión) hacer la testamentaría de un soltero, menor de treinta años, mantenedor de la buena causa en el Prado y en los salones, muy distante de su familia y de su aldea, y muerto repentinamente al salir de un baile de máscaras.

Era una mañana de invierno, y a la pálida luz de un día de nieve, manos profanas revolvían pañuelos bordados, cuellos de casa de Dubost, guardapelos, cartas de distintas letras, guantes, algunos napoleones y cuatro o cinco retratos, uno de ellos conocido (lo cual costó la honra a una mujer), los demás de buenas gentes de provincia (quizá padres y hermanos), y uno, en fin, del difunto, sacado cuando era niño y dirigía sus pasos al templo de Minerva...

Flores marchitas, fechas misteriosas, nombres adorados, reliquias venerandas, el libro predilecto, el afeite malicioso, el pagaré que le quitó el sueño algunas noches, los versos que se empeñó en hacer y no supo, todo pasó ante nuestros ojos como capítulos sueltos de varias novelas, o como números atrasados de un periódico.

Diríase que íbamos descubriendo con un escalpelo, fibra por fibra, los ventrículos de un corazón todavía caliente. Quién rompía lo peligroso; quién apartaba lo útil: esto se destinaba a la familia; aquello a la sola, a la triste, a la desconsolada amante; el dinero se dio a la parroquia para el entierro, y se convirtió al día siguiente en pan, legumbres y chocolate; la ropa fue a la aldea en busca del hermano menor, a quien con el tiempo le valió una conquista; tal pariente deseó un libro, tal amigo una acuarela, fulano la petaca, mengano la pluma y el sello... Y se lloró, se habló, se rió, se terminó el acto, se enterró al joven (que nada sabía de lo que pasaba); y llegó la primavera al poco tiempo, y la Naturaleza no se dio por entendida de la muerte de nuestro amigo.

III

Pero prosigamos.

Ni los puestos de fruta que cambian de sitio en estos días, ni las tiendas de juguetes y de quincalla que se salen al arroyo, ni las muchísimas encantadoras cursis en edad de merecer que andan de acá para allá, seguidas de sus madres o empresarias, en busca de un mediano casamiento, son suficientes a quitar al mortuorio mercado del otoño madrileño su aspecto repugnante y desconsolador.

Quédense para otros pueblos las ferias animadas y bulliciosas en que, como en los tiempos primitivos, acuden de lejas tierras caravanas de mercaderes con grandes ejércitos de ganado lanar, asnal, caballar, mular, de cerda, vacuno y cabrío; en que se hacen grandes negocios, compras, ventas, cambios, robos y hurtos, dando lugar a cuantiosas emigraciones e inmigraciones de reses; en que se ven tantos bailes como tiendas de campaña, tantos cuadros de costumbres como familias de mercaderes, tantas comilonas como tratos cerrados; en el que el uno acude para lucir a su serrana de negros ojos y terciado pañolón, el otro para lucir su yegua vistosamente enjaezada, todos de lujo y de fiesta, todos con un cinto lleno de oro, dispuestos a beber, reñir y jugar, y a dejar sin corazón a una docena de mujeres: quédense también para otros pueblos las ferias en que se compra lo nuevo, lo exótico, lo desconocido en todo el año, y lo tradicional, lo superfluo, lo útil y lo imprescindible (la yunta, el caballo de regalo, el cerdo para la matanza, la vajilla, la ropa de invierno, el abrigo de la cama, los cuadros del estrado, los pendientes, el collar, la sortija, los cubiertos de plata); ferias deseadas, temidas, festejadas, memorables, que hacen época en la vida, que marcan el plazo de los casamientos, que terminan el ajuste de los criados, que señalan, por último, el fin de los días de huelga, alegría y reposo posteriores a la cosecha, y el principio del recogimiento y de los nuevos trabajos que constituyen el arreglo de las casas durante los cuarteles de invierno de las familias...

Las Ferias de Madrid son todo lo contrario. ¡Doquiera que se vuelven los ojos no se ve más que tristeza, miseria, dolor, profanaciones, olvido!

Prescindamos del contingente que las Américas y el Rastro suministran a esa pavorosa exposición... Pasemos con los ojos cerrados y las narices tapadas por delante de los puestos en que se hallan de venta las ropas lavadas del que murió en el hospital, la ropa perdida por el jugador, la ropa execrada que llevó un ahorcado y la ropa ensangrentada del suicida desconocido... Entre esos puestos hay algunos que pueden compararse a una cesta de trapero, a un montón de mugre, a un tiesto de basura. En ellos se ven mezclados la mitad de unas tijeras, media cruz de Isabel la Católica, la peana de un Santo, unas hilas ya usadas, el faldón de un frac, el ala de un sombrero, la muleta de un cojo que murió, el mango de un cuchillo, el mástil de una guitarra, el tacón de una bota, una caja sin fondo, tres hojas de un libro, la pasta de otro, un pedazo de entorchado de general, un zapato viudo, un guante soltero... ¡y todo sucio, oxidado, agujereado, deshilachado, y apestado además por el ósculo de la muerte!

Apresurémonos, sí, a dejar a nuestra espalda esos nauseabundos puestos, y fijemos la atención en otras tiendas donde se venden objetos más importantes, más limpios y más cuidados; objetos servibles, en fin, aunque servidos, y ellos nos harán experimentar la honda tristeza inherente al inventario de esta gran testamentaría que la muerte o la pobreza sacan en Madrid a pública subasta durante el equinoccio de septiembre —cabalmente los mismos días en que el Océano, fustigado por el Cordón de San Francisco, arroja a las playas a cada instante melancólicos restos de buques náufragos.

Mirad. Las bibliotecas reunidas con mil afanes por el hombre estudioso; los libros con dedicatoria; los retratos de familia; los muebles consagrados por el uso; el medallón que ya fue tumba; el abanico que agitó la virgen; el reclinatorio en que rezó la desposada la noche de novios; el bastón de alcalde, tan respetado y temido en tal o cual alboroto; la charretera que saludaron tantos soldados; el sable que acometió tan altas empresas; el sofá que oyó una conversación de amores; el tintero con que se escribió una grande obra; el caballete en que estuvo colgado un renombrado lienzo; el anillo nupcial; lo que legó un moribundo a un vivo; lo que un vivo dedicó a un muerto; la pistola que empleó él suicida; lo querido, lo venerado, lo íntimo, lo consuetudinario, lo familiar; lo que se regó con llanto, lo que se tiñó con sangre, lo que calentó nuestro cuerpo, lo que se empapó con el sudor de nuestra frente; nuestro pasado, nuestra historia, nuestro ser, nosotros mismos en venta... ¡Esa es la Feria de Madrid!

De aquí proviene que, cuando recorremos los puestos de la Feria, nos parece que visitamos un cementerio, y que cada objeto es una tumba; o que ya estamos en el Valle de Josaphat, y asistimos a la gran cita de los pecadores, en que cada uno debe presentarse con su historia a la espalda, descalzo de pie y pierna, y no sabiendo quién lo rematará a su favor, si Dios para aumentar su gloria o el diablo para aumentar su infierno.

¡Ah! ¡Sí! La Feria de esta Villa y Corte pudiera llamarse la Resurrección de los muebles.

Durante ella, y para los que tenemos algo de sexto sentido, esos muebles, arrumbados durante todo el año, se animan, gesticulan y hablan, de cuyas resultas es fácil oír sangrientos apóstrofes, horrorosos sarcasmos y verdades como puños.

Un catre de tijera sale al encuentro de fulano, que es ministro, y le dice irónicamente:

—¿Me conoces? Yo te dormí en mi regazo mucho tiempo... ¿Por qué me abandonaste? ¡De seguro que no duermes tan bien ahora!

La prenda empeñada y no redimida acusa de ingrato al calavera a quien sacó de un apuro y del que no mereció luego igual merced...

Los uniformes de miliciano de 1836 se ríen al ver pasar a los neocatólicos de 1857.

Las sillas de Vitoria que asistieron a la boda de tal banquero, cuando era aguador, hablan pestes de las butacas en que se sienta hoy. El becerro de oro finge no conocerlas, y aprieta el paso. Y las sillas de Vitoria se quedan diciendo, como si lo oyera:

—¡Anda!... ¡Anda!... ¡La verdad es que ahora no eres tan feliz como cuando te sentabas en nuestras rodillas!

La pobre arca vieja que guardó antaño el pobre y plebeyo equipo del actual marqués improvisado, se queja amargamente del abandono en que la dejó, y, al verlo cruzar en busca de un libro de heráldica, le sopla al oído estas palabras aterradoras:

—¡Que lo digo!

Aquí un espejo reconoce a su primitiva propietaria, que ya es vieja y fea, y le dice con ferocidad:

—¡Ya me quisieras ahora, infame! Yo te hallé siempre pura y hermosa; pero tú me abandonaste por otros espejos más dorados, que marchitaron tu pureza y hermosura... ¡Hoy te desprecio, y me horrorizo de mirarte!

Allí una cama de matrimonio se cuadra delante de un caballero que lleva del brazo a una señora, y le pregunta por su primera esposa, a quien juró no olvidar.

En un lado da voces un palanganero de pino, diciendo:

—¡Aquel es mi amo! Yo le hacía la toilette cuando era escribiente... ¡Desde el día en que me dejó, no ha vuelto a cantar al tiempo de lavarse!

En otro lado las cómodas descerrajadas tiran de la levita a los ladrones desconocidos.

La palmatoria que presenció los ensueños del poeta, le hace guiños, como trayéndole a la memoria los instintos sublimes de su adolescencia... Pero el poeta es diputado a Cortes, y pasa de largo...

Alfombras, cuadros, pupitres, cepillos, tenazas, confidentes, lavabos, atriles, armarios, baúles... todos saben algo, todos reconocen a alguna persona, todos representan una ingratitud, una injusticia, una decepción, una desgracia, un escándalo, una ruina! ¡Y todos dicen muy principalmente aquella gran verdad de que Madrid es una casa de huéspedes, donde no hay familia, ni hogar, ni casa, ni recuerdos, ni veneración, ni tradición, ni costumbres, ni religión... en el sentido lato de la palabra!

¡Oh, jóvenes recién llegados a la corte! Tratad superficialmente a vuestros muebles; yo os lo aconsejo. No toméis cariño ni a vuestra cama, ni a vuestro sillón, ni a vuestro escritorio: no intiméis con el sofá ni con las sillas: no contéis vuestros pesares al espejo: no selléis con vuestra sangre ningún bronce: no derraméis lágrimas sobre ningún mármol! ¡No améis nada en Madrid! ¡Nada! (entiéndase siempre que hablo de objetos inanimados). Saludad a la ligera la portière y la cortina: tocad con el filo de los labios la taza en que tomáis el té y el vaso en que bebéis el agua; mirad con la misma indiferencia la chimenea que os conforta y el baño que os refresca; no depositéis vuestra confianza ni en la carpeta en que escribís, ni en la caja de palosanto donde guardáis la ceniza que se os va cayendo del corazón...

¡Sed finos y corteses (¡y nada más!) con el estuco y el cerezo, con el hierro y el oro, con el alcornoque y el cristal, o temed, si les tomáis cariño, encontrarlos de venta en las ferias del año venidero!

1858

EL PAÑUELO. CUADRO DE BATISTA

I

Hay en Europa una nación que para todo sirve; que de todo habla; que todo lo hace... o todo lo imita, y que en realidad de verdad no siente nada.

Presume, sin embargo, de muy sensible, como lo demuestran los hechos siguientes:

Ella ha inventado la familia... universal, y la guillotina; el can-cán y la Diosa Razón; las naturalezas d'élite y el comunismo.

¡Ella inició el sacrílego comercio, que ya ha trascendido hasta nosotros, de las mortajitas para niños, y vende dolor hecho en las avenidas del Cementerio del Père Lachaise! ¡Allí encontraréis epitafios de padres a hijos y de esposas a esposos, a cinco francos el lamento! Cuando perdáis un pedazo de vuestro corazón, ya no tendréis que llorarlo, sino que iréis a aquellos almacenes de sensibilidad y diréis al mercader de lágrimas: «Déme usted una corona de ¡Madre mía!, o una lápida de ¡Murió a los quince años!».

Esa misma nación envenenó la Europa con su ateísmo, y cree hoy que Mr. Hume tiene los malos dentro del cuerpo; incendió la sociedad con sus teorías republicanas, y luego rindió culto al sable de un dictador; plagó la literatura de amores platónicos, de seres ideales, de mártires de la pasión, y arrancaba al propio tiempo las plumas de las alas de Cupido y las vendía por mazos en los escritorios para dotar con su importe a las sacerdotisas de Venus.

Es decir: que ese pueblo, fingiendo todo género de entusiasmos, a fuer de consumado actor que ha sido siempre, especula a la vez con la verdad y con el error, con el bien y con el mal, con la fe y con la duda, con todos los sentimientos humanos... Pero, como no hay farsante ni hipócrita que no se venda y descubra a lo mejor, el peligroso pueblo de que se trata entregó al mundo la clave de su falsía, el secreto de su escepticismo, la patente de su carencia de alma y de sensibilidad, aplicando al pañuelo de la mano o del bolsillo el denigrante apodo de mouchoir.

¡Mouchoir! ¡moquero! —Así se llamaba el que nuestra madre nos colgaba de la cintura en los albores de nuestra vida: así pudo llamarse también el pañuelo de los salvajes en la infancia de la sociedad... Pero darle semejante nombre, hoy que su menos importante uso es el que nos sirve de pretexto para llevarlo a todas partes; recordarle su pecado original, hoy que esos mismos franceses no admiten más aristocracias que la del talento, la de la virtud y la del que ha tenido el talento y la virtud de matar muchos hombres; llamar, en fin, mouchoir al pañuelo, cuando todos los idiomas se afanan de consuno en dar denominaciones figuradas y biensonantes a otras cosas que se emplean en peores usos, es notoria injusticia, es atroz atentado, es horrible arbitrariedad que rechaza la hidalguía española, y que de obligación toca combatir a los descendientes del nunca bien ponderado desfacedor de agravios don Quijote de la Mancha.

No me propongo otra cosa en el presente artículo, por más que conozca mi pequeñez para tamaña empresa. Dame, empero, confianza el pensar que están de mi parte la razón y la justicia, así como el deber... y hasta quizá la gratitud. ¿Quién os dice, señores, que no estoy subvencionado por algún rico mercader de la calle de Postas para escribir en favor de la ropa blanca? Ni ¿quién sabe si como aquellos condenados a muerte que carecen de papel, trazo estas líneas, con sangre de mis venas, sobre los hilos de un pañuelo adorado?

Sea de ello lo que fuere, allá va la defensa del mal llamado mouchoir.

Son las siete de la más detestable mañana del más riguroso invierno.

Una carretela de Lázaro, es decir, una enorme carretela de alquiler, sale por la puerta de Alcalá.

¿Adónde puede ir a tal hora?... La temperatura no está para fiestas... ¿Qué significa este madrugón?

Cuatro hombres ocupan la carretela.

Uno de ellos está en capilla: va a un desafío.

Los otros son los padrinos y el médico.

Todo ha sido previsto por la amistad... hasta la muerte del desafiado, el cual lleva en un bolsillo del paletot la consabida declaración de suicidio.

Pero alguien ha previsto más. Este alguien es una mujer.

Al llegar a las afueras de Madrid, el sentenciado, que va pálido y grave (no porque le teme a la muerte, sino porque recuerda la vida; no porque va a encontrar al que lo aborrece, sino porque acaba de dejar a la que le ama), saca un pañuelo, un elegantísimo pañuelo ligeramente perfumado, y...

—Toma... —le dice a uno de sus padrinos.

—Entendido... —interrumpe éste a media voz, adivinando toda una historia de amores, muy propia de aquella vida de veinte años.

Y figúrase ver a la amada doliente y valerosa de quien acabará de separarse su amigo y que habrá sido causa de que tarde algunos minutos en acudir a la cita: oye el último adiós confundido con el último beso: ve la solemne tranquilidad de aquella despedida, en que la palabra honor habrá contenido los ruegos y el llanto en el fondo de dos almas: cree escuchar, en fin, estas supremas frases, con que la heroica mujer acompañaba el regalo de su pañuelo:

—Toma... para la primera cura...

¡Ah! ¿Principiáis ya a comprender toda la importancia del pañuelo? ¿Creéis todavía que es justo llamarle mouchoir?

¡Ese mouchoir, ese moquero, será en el desafío una mujer en persona, una mujer a quien ni su sexo ni su posición permiten restañar en el campo de batalla la sangre de su amado, ni tampoco verlo durante toda la curación! ¡Ese pañuelo será ella, algo de ella que impedirá que el alma se escape por la herida; que hará, en fin, lo que ella quisiera hacer con sus manos, con su labios con sus cabellos!

Y si desgraciadamente muere el amante, aquel pañuelo será... no ya ella, sino él, ¡él, su sangre, su cuerpo, su vida, su muerte, toda una ignorada historia de amores, el secreto de una mujer, el epílogo de un drama, el testamento de una pasión, que dormirá primero bajo su almohada; luego irá con ella al teatro; después asistirá a los bailes, oculto entre biondas y flores en un hueco del corsé; enseguida ocupará una cajita de palo de rosa; y, por último, pasará a manos de otro hombre, que lo mandará lavar... como prueba de que Artemisa ha olvidado a Mauseolo!!!

Mudemos la decoración; que no siempre el teatro representa un cementerio.

Demos que sois Sultán de Constantinopla.

¿Quién a los quince años no ha deseado serlo? A los veinticinco ya es diferente.

Cien odaliscas os rodean... Arrojáis vuestro pañuelo... y lo recoge una hija de la Georgia.

¡Cátala favorita, luego madre, por último, sultana!

Pero arde la guerra; cogen prisionero a un anciano; el anciano insulta al Gran Turco; el Gran Turco lo condena a la horca; no se halla cuerda a mano, y lo ahorcan con un pañuelo... ¡con el mismo pañuelo que convirtió a la odalisca en Sultana!

Así las cosas (¡qué horror!), se descubre que el prisionero ahorcado era padre de esta gran señora...

¡Franceses! ¡Ved ahí un mouchoir que ha estrangulado al suegro de un Emperador otomano, después de haber dado margen al nacimiento de un príncipe imperial!

Y basta ya de infieles: volvamos a tierra de cristianos.

¿Cuál será el hombre insensible que, por más que se haya prendado de la filosofía escéptica, leyendo, v. gr., María o la hija de un jornalero, por Ayguals de Izco; si entra en un templo católico (¿a qué diré yo?...) a tomar el fresco, y se encuentra con que es día de la Asunción y con que ha principiado la solemne Misa conventual, no se detenga una media hora... siquiera sea por el mero placer de oír la música de la capilla?

Y, una vez atento al sagrado rito, aunque nuestro filarmónico volteriano sepa también de memoria las Ruinas de Palmira por Volney, ¿quién os dice que, al ver al anciano sacerdote cubierto de oro y pedrería, arrodillado al pie de la Cruz abatiendo la encanecida frente o alzando con mano trémula el Pan de la Comunión, brindis de alianza entre la eternidad y la vida, entre los cielos y la tierra, no sentirá despertarse en su corazón algo que le hable de la brevedad de la existencia, de la grandeza del universo, de la injusticia de los hombres, del porvenir de nuestra alma inmortal, de las creencias de su infancia, de la existencia de un Dios? ¿Cuál será, cuál puede ser el corazón de piedra que no tiemble, cuando tiemblan simultáneamente la piedra de aquellas bóvedas, aquel pueblo arrodillado que se golpea el pecho, aquellos millares de luces, aquel aire poblado de las religiosas armonías del órgano y del repique triunfal de las campanillas de oro, aquellas nubes de incienso, aquellas voces que cantan, y aquellas lenguas de bronce que, desde la erguida torre del templo, levantan una oración tan poderosa que detiene las nubes en su carrera?

En verdad os digo que nuestro racionalista sacará el pañuelo, como primer síntoma de contricción, y pondrá sobre él la rodilla, diciendo con el profeta: Cor mundum crea in me, Deus...

Pero es lo malo que hoy casi nadie sabe latín.

Pues bien; aunque no sepáis latín: supongamos que sois ladrón y libertino; que un grito de vuestra víctima puede perderos, llevaros al cadalso o a la vicaría; que necesitáis en fin, una mordaza...

Sacad el pañuelo, y... punto concluido.

—Ven a las seis... —os dice vuestra novia, echándoos la última mirada; aquella mirada con que las andaluzas resumen una larga conversación; aquella mirada que afirma todo lo negado durante dos o tres horas, mirada pícara y tierna, diabólica y angelical, llena de pudor y de abandono; mirada, en fin, que dura todo el tiempo que tarda la niña en cerrar la reja, cosa que hace muy lentamente, dejando a veces una rendijita, y arrepintiéndose luego, y abriendo otro poco para haceros un mohín que parece un beso en capullo... —Ven a las seis... —os dice esa encantadora criatura, que no tiene más penas, ni más cuidados, ni más pensamientos, ni otra ciencia, ni otro oficio que el amor... el amor, para el cual se viste y se peina; el amor, por el cual se alegra de ser bonita; el amor, en provecho del cual piensa alguna vez en eso que llaman bienes de fortuna; el amor, que la lleva a paseo y la tiene de pie toda la tarde, a ella, tan débil y delicada que se libraría de quintas por endeble, si fuera hombre; el amor, que la conduce al teatro, a ella, que ninguna afición tiene a la literatura ni a la moral, y muchísimo menos a la música italiana; el amor, que la hace madrugar y trasnochar a ella, tan dormilona, tan perezosa, tan sibarita... el amor, en fin, para el cual nació, por el que morirá, en el que vive siempre, y cuyo sacerdocio ejerce sobre la tierra. —Ven a las seis... —os dice la infortunada; y vos, señor mío, temiendo que se os olvide acudir a la cita (pues tenéis muchas, porque sois un calavera), os veis obligado a sacar el pañuelo y echarle un nudo, síntesis de la mnemotecnia española.

Al otro día vais a sonaros, y encontráis el nudo...

—¡Diablo! —decís—. ¿De qué tengo yo que acordarme hoy?

Y no dais en ello, y la niña se desespera...

Pero de pronto reparáis en que el pañuelo huele a la esencia que ayer puso en él la cuitada, o en que ella os lo regaló.

Es el caso que recordáis la cita...

Pero no la hora...

Y la niña espera entre tanto... y tanto espera, que de todas suertes llegáis a tiempo...

¡Ah... jóvenes! ¡Con pañuelo y todo, no merecéis los ratos que hacéis pasar!

En cambio, los pasáis bien tristes.

Y, a propósito: ¿Habéis llorado alguna vez a solas? ¿Os habéis perdido en ese desierto de doce pies cuadrados, muy más aflictivo que las arenas del Zabara y llamado, a pesar de todo, alcoba de una Casa de huéspedes? ¿Habéis luchado a brazo partido con la sociedad, con las necesidades de la vida, con una ambición sin objeto, con un amor sin esperanza y con la dueña del establecimiento? ¿Os habéis convencido, al cabo de muchos días de prueba, de que el patrón es enemigo de su huésped, de que el pupilero está en abierta lid con su pupilo? ¿Sabéis lo que es esa guerra sin cuartel, en que vuestro antagonista ruega a Dios que enferméis a fin de que no comáis? ¿Os han llamado alguna vez El de la sala... El del gabinete... El número 182 .¿Habéis estado solo en una casa habitada por cien inquilinos; solo, como el enterrador que se pasea por un cementerio? ¿Os han despedazado, como al tártaro que amarran a cuatro potros salvajes, el deber por un lado, la pasión por otro, la ira y la generosidad arrastrándoos en opuesto sentido? ¿Habéis echado de menos en esas horas de amargura a la mujer que ofendisteis, a los padres que abandonasteis y a los amigos que colmasteis de favores, alejándolos así para siempre de vuestra antesala? ¿Os habéis arrepentido entonces del bien que hicisteis, del mal que dejasteis de hacer, de no haber seguido engañando a la una, de no haber adulado al otro, de haber guardado, en fin, consideraciones a un mundo que tan ingrato os abandona en vuestro dolor?

¿Sabéis, sabéis lo que es llorar a solas?

Mas ¡qué digo a solas! ¡Esa misma soledad sale a vuestro camino, como la Verónica salió al encuentro de Cristo en la calle de la Amargura, y os pone un lienzo en la cara para enjugar las lágrimas que la inundan!

Sí; el pañuelo, solo el pañuelo, viene entonces a consolaros. Él seca vuestro lloro, él sofoca vuestros gritos; él guarda (como nadie lo guardaría en un caso semejante) el secreto de vuestra miseria y debilidad...

¡Oh!... ¡Bendito sea el pañuelo!

Cantemos las alabanzas de ese cuadrado de batista, que nunca se separa de nosotros; que nos acompaña a todas partes; que, como Júpiter y Proteo, adopta todas las formas, pero no en provecho suyo, sino en provecho nuestro, dándonos continuas muestras de una caridad verdaderamente sublime.

Él se dobla en forma de cabestrillo, y sostiene vuestro lastimado brazo.

Él se hace tiras para serviros de vendaje.

Él se deshace, completamente para convertirse en hilas.

Él se transforma en tacos cuando vais de caza.

Él se extiende en el suelo para que os sentéis encima.

Con él se presenta al pie del cadalso el mensajero del perdón.

Con él os limpiáis el polvo de las botas.

Él hace el principal papel en el Otelo de Shakspeare.

Él acaba de ingresar en el Ejército, representando el amor de veinticinco mil novias de otros tantos quintos, sin contar los quintos que tendrían más de una novia y de un pañuelo.

Cuando silban las balas y los hombres caen como espigas sobre el llamado campo del honor; cuando cada detonación que suena deja a una madre sin hijo, a un hijo huérfano, a una esposa viuda o a un hermano sin hermano... él luce en la punta de una bayoneta en señal de parlamento, y la Naturaleza respira alborozada, como cuando sale el Sol después de la tempestad.

Que el pañuelo, aunque sea blanco, tiene las propiedades del arco-iris.

Pero vamos a otra cosa.

Yo he visto a una niña de diecisiete años pasar horas y horas doblada sobre un bastidor bordando cierto nombre en el·pico de cierto pañuelo...

Según me contaron, al otro día partía su amante para la Universidad... o para otra parte... que no todo se ha de decir.

¿Qué pensaba la niña cada vez que añadía un rasgo a aquellos adorados caracteres?

¡Cuántas historias, cuántos castillos en el aire fundaría sobre cada letra! ¡Cuántos recaditos, cuántos encargos daría a cada punto! ¡Qué ventura para la niña! ¡Pronunciar de una vez para siempre el nombre del dueño de su alma, esculpirlo, grabarlo, eternizarlo!... ¡Quizá era aquella la primera y última carta de amor que le escribía!

Los amantes de la Arcadia dejaban su nombre escrito en la corteza de los árboles... pero aquellos alcornoques crecían tanto con el tiempo, que la inscripción se borraba... ¡En cambio, un pañuelo dura miles de años!

¡Dichoso mortal aquel que recibiera el bordado por la niña! ¿Qué le importarían ya el olvido ni la inconstancia?... Aquel pañuelo podrá acreditarle eternamente que hubo un día en que fue idolatrado; ¡el día en que la niña levantó semejante monumento a la gloria de un soñado amor!

¡Bienaventuradas las niñas que han amado siquiera una hora, porque ellas han visto el reino de los cielos!

Y, ¡ay tristes de los maridos de esas niñas, si esas niñas llegan a casarse con hombre a quien no hayan bordado ningún pañuelo!

¡Pues nada os digo de la consolación que nos brinda el mouchoir cuando la ira ruge en nuestro pecho y las lágrimas se niegan a acudir a nuestros ojos!

¡Dulce es, entonces despedazarlo con uñas y dientes, cebar en él toda nuestra furia, maltratarlo sin piedad... y echarlo de menos al cabo de un momento, cuando el achaque nasal viene a decirnos: ¡Aquí estoy!

¡Y aun entonces veréis que, abofeteado y todo como se halla, presenta la otra mejilla a vuestros ultrajes!

¡No son tan mansos los poseedores de pañuelos! Los maltratamos hoy sin razón; los buscamos mañana para servirnos de ellos, y nos repiten aquel siniestro cantar:

Cuando quise, no quisiste;
Ahora que quieres, no quiero...

Por lo demás, hay Diputado que no hilaría tres palabras seguidas si no tuviese un pañuelo en la mano; cosa que sucedía también antiguamente a los aficionados que declamaban en los bailes.

Paso por lo alto la tos, el estornudo y el bostezo, en que tan indispensable es nuestro protagonista, y entro a hablaros de varios pañuelos en particular.

Sé de quien posee el pañuelo que le echaron encima al tiempo de nacer.
Y de quien conserva otro empapado en el último sudor de una virgen que murió amándole.
He visto a miles de caballos caminar tranquilos hacia la muerte en las plazas de toros solo porque llevaban sobre los ojos un pañuelo.
Fiel imagen de los enamorados, que, como todos sabemos, llevan también una venda sobre los ojos...
—Morituri te salutant! —pudieran exclamar unos y otros héroes dirigiéndose al Presidente de la plaza o al cura de la parroquia.

Y ahora que hablo de vendas.
¡Dulce es entrar vendado con un pañuelo por dueña quintañona, en tal o cual Torre, aunque no sea de Nesle, donde nos aguarde alguna Margarita de Borgoña, de Fernández, o de Martínez!
¡Dulce es también jugará la gallina ciega con muchachas de quince a veinte!
¡Dulce es a los dieciocho años teñir un pañuelo con sangre de las encías y creerse traviato, digo, tísico!
¡Dulce es, sobre todo, cuando se encuentra uno solo en el campo, cansado de perseguir mariposas en el mes de julio, a la hora de la siesta, tenderse

sobre un haz de espigas y sentir que un pañuelo pasa por vuestra frente y nos enjuga el sudor!

Pues ¿y prestarlo a una señorita a la salida de un baile para que preserve su encantadora cabeza de] húmedo relente de la noche?

¿Y regalarlo lleno de confites el día de San Antonio Abad a una aldeana inocente, de esas que se ponen coloradas sin saber por qué?

¿Y atarlo a una reja?...

Pero este artículo sería interminable si me detuviera a enumerar todos los méritos y servicios de ese nuestro camarada de glorias y fatigas.

Recordad el cotillón en que una dama os elige por pareja, entregándoos su pañuelo de nipis.

Recordad el que vela la faz del agarrotado, no bien llenó el verdugo su cometido:

El que cubre los ojos del prisionero que van a fusilar:

El que deja caer al suelo una joven para daros ocasión de decirle ciertas cosas al presentárselo:

El que os saluda desde un balcón a las cinco de la mañana cuando dobláis la esquina de tal o cual calle, llevando todavía en la membrana pituitaria un resto del perfume favorito de la mujer que acabáis de dejar.

El que dobladilló vuestra hermana cuando regresasteis al hogar doméstico:

El que envuelve dos pistolas, una de ellas vacía y la otra cargada:

El que enjuga vuestros labios después que bebisteis agua... o vino:

El que llenáis de violetas en el campo,

El que ata vuestro pie izquierdo al de vuestro enemigo en un duelo a navaja,

Y el que cela vuestra sonrisa burlona...

Y, finalmente, pensad en una despedida eterna; en una de esas separaciones que mutilan el alma, acaban con unos amores y tuercen en divergente sentido el rumbo antes paralelo de dos existencias; pensad en el reloj que suena como la campana de agonía; en el silencio de los dos condenados que, careciendo de tiempo para decirse todo lo que sienten, no quieren ofender su mutua desesperación diciéndose demasiado poco; pensad en la mirada intensa, profunda, atónita, desconsolada, que dirigís por última vez a la persona querida; en el ronco ¡adiós! que abre un abismo entre vosotros; en el postrer apretón de manos que consagra el pacto de vuestra eterna desdicha.

Ya os habéis separado y aun tendéis los brazos el uno hacia el otro para acortar así la distancia que media entre lo pasado y el porvenir...

Surca las ondas el barco que os arrebata vuestro bien, vuestro tesoro, vuestra delicia...

El adiós hablado se pierde ya en el aire sin llegar a los oídos...

Las oscilaciones de las olas rompen la cadena magnética de las miradas...

¡Ya no distinguís el rostro que habéis contemplado tantas y tantas horas!

Ya confundís el contorno de su adorado cuerpo con los objetos que la rodean...

Ya la creéis perdida... ¡perdida para siempre!...

El corazón se desploma helado en el fondo del pecho, como un cadáver en la sepultura... Prorrumpe al fin la fuente de un inacabable llanto... La soledad os ahoga entre sus brazos de hierro... Vais a morir...

Entonces veis ondear a lo lejos un pañuelo...

¡Es ella! ¡Es ella! ¡Ella otra vez! Es su voz, es su mirada, es su beso, es su corazón, es su alma que os visita de nuevo...

Así vivís otros fugitivos instantes...

Pero cuando el pañuelo blanco se reduzca, se achique, desaparezca completamente en alta mar... ¡perded toda esperanza! ¡Las puertas del Paraíso se han cerrado detrás de vuestros pasos!

Mas, si tenéis otro pañuelo, él será vuestro paño de lágrimas.

1857

SI YO TUVIERA CIEN MILLONES...

I

¡Ay de mí! ¡Hace muy cerca de veintisiete años que corro desaladamente por este valle de lágrimas que llamamos Tierra, buscando, como si se me hubieran perdido antes de nacer, cinco millones de duros del reinado de Fernando VII, o sea cien millones de reales!

Creo inútil decir que todavía no los he encontrado, ni (lo que es peor) se me alcanza la manera de dar con ellos. Yo no espero grandes herencias; yo he perdido siempre que he jugado; yo no sirvo para el comercio ni para otros negocios; yo no creo en que el metal sale de las minas; acabáronse los tiempos de los grandes piratas descritos por Fenimore Cooper, Walter Scott y Lord Byron (profesión que me hubiera convenido); yo no espero ser nunca... nada, ni, caso que fuera... algo, me agradaría estafar a mi país; yo, en fin, no tengo paciencia para buscar tesoros en alcazabas morunas o en cementerios judíos... Comprenderéis, pues, que no abrigue ni la más remota esperanza de encontrar los dichos cien millones.

No ocultaré, sin embargo, que muchas veces me han pasado (y todavía temo que vuelvan a pasarme)... por la imaginación... dos ideas o proyectos, además de los citados, que quizá hubieran podido... que acaso podrían... que tal vez podrán... proporcionarme aquella suma, dentro del círculo de mis peculiares circunstancias...

Estos proyectos o ideas son del tenor siguiente:

II

Consiste el primero en dirigirme a uno de esos infinitos lores o banqueros ingleses, solterones, viejos, hipocondríacos, aburridos, excéntricos, que poseen, cuando menos, ochocientos o novecientos mil millones de libras esterlinas, y decirle éstas o semejantes palabras:

«Señor: vos tenéis setenta años de edad y un caudal inmenso.

»Carecéis de hijos que os hereden y de tiempo y ocasión en que gozar de todos vuestros tesoros.

»Desprendiéndoos de cien millones de reales quedaríais aún tan poderosamente rico que no conoceríais en nada la insignificante merma que habríais hecho en el océano de oro que surca el pobre bajel de vuestra vida.

»Podríais seguir con los mismos palacios, con los mismos trenes, con la misma servidumbre, con la misma mesa y con la misma cama que tenéis hoy.

»¡Nada perderíais, absolutamente nada; como el Océano no pierde parte apreciable de su poderío, ni tiene que rectificar sus fronteras cuando extraemos de él una o veinte toneladas de agua!

»En cambio, dándome esos cien millones, ganaríais muchas cosas que hoy no poseéis, muchos placeres que nunca habéis sentido, una jerarquía a que no habéis llegado y aquella paz del alma que le falta a vuestra existencia.

»Ganaríais respeto entre los buenos, cariño verdadero y gratitud profunda en mi corazón, ufanía de vos mismo a vuestros propios ojos, y títulos meritorios ante la misericordia divina.

»Tendrías en mí un hijo y una familia en la mía; familia e hijo sumamente respetuosos y amantes (y además muy desinteresados), que no se alegrarían de vuestra muerte, sino que la llorarían de todas veras; dado que, habiéndoos heredado en vida, ningún legado esperarían ya en vuestro testamento.

»Viviríais oyendo nuestras bendiciones...

»Moriríais acompañado de nuestro amor...

»Mis hijos y los hijos de mis hijos adornarían de flores vuestra sepultura, como la del bienhechor de su estirpe...

»Tendríais defensores mientras estuvieseis en este mundo, y gente que rogase e intercediese por vos cuando estuvieseis en el otro.

»Y todo esto, os lo repito, desinteresadamente; pues el interés pasado no se llama interés, tiene un nombre más bello y santo: se llama gratitud.

»E interés futuro, ninguno, absolutamente ninguno nos llevaríamos respecto de vos, supuesto que (os lo juro por la salvación de mi alma), si me dierais esos cien millones, nunca, jamás, volveríamos a pediros nada, ni admitiríamos recompensa alguna por los obsequios, por las atenciones, por los cuidados que os dispensaríamos continuamente.

»Ahora bien (y prescindiendo de vos por un momento): este gran negocio que os propongo (que ya sería muy grande para vos, aunque no se tratará de mí, que soy bueno, aunque se tratara del más ingrato de los hombres, pues ningún alma grande cobra la usura de la gratitud cuando hace una buena obra); este grandísimo negocio, repito, adquiere doble y triple importancia tratándose de una persona como yo.

»Yo soy bueno, vuelvo a deciros; pero mis bellas dotes no son únicamente de corazón, son también de inteligencia...

»Y he aquí por qué me apresuro a aconsejaros que, una vez convencido (como espero que os convenzáis) de lo mucho que os acomoda desprenderos de cien millones, me prefiráis a mí entre los muchos necesitados que conoceréis y aun quizá estimaréis en el mundo. ¡Convenientísimo os sería siempre dar a cualquiera esa pequeña suma; pero dármela a mí os acomoda mucho más!

»Sí, señor; yo brillo por las grandes cualidades de corazón y de inteligencia... para gastar dinero, para hacerlo lucir, para estirar una onza... como suele decirse.

»Yo me jacto (y a justo título) de conocer perfectamente la vida y las cosas de la vida; de distinguir los placeres legítimos de los falsificados; de discernir claramente en materia de afectos y creencias; de no confundir lo positivo con lo ilusorio, tomando por positivo lo material y pasajero, o por ilusorio lo ideal, lo poético, el sacro imperio del alma; de no trocar los frenos en punto a lo que es divino y a lo que es humano, y de saber apreciar los inconvenientes de ciertas alegrías y las ventajas de ciertos dolores... ¡Yo soy filósofo!

»Yo sé dónde está la verdadera miseria, digna de solícitos socorros; cuáles son los mejores platos y los mejores vinos, los mejores cigarros y el mejor café; qué sastre es el más hábil; qué virtudes merecen recompensa; qué mujeres resultan más encantadoras; qué poetas y qué sabios necesitan protección; qué muebles son los más cómodos; qué trenes los más bonitos; qué libros los que no tengo y qué clase de vida la más provechosa para el cuerpo y para el alma. ¡Yo soy artista!

»Yo tengo hecho, en fin, mi presupuesto de gastos...

»Solo me falta el de ingresos.

»Yo tengo estudiadas a las mil maravillas todas mis necesidades...

»Solo me falta dinero para satisfacerlas.

»No sería yo, ciertamente, uno de esos hombres a quienes estorban los millones para ser personas decentes. No sería yo ese becerro de oro que patrocina el mal gusto, que levanta edificios abigarrados, que afea y vulgariza cuanto toca. No sería yo como el mayorazgo calavera que gasta su patrimonio en proteger neciamente el vicio, en fomentar locamente el mal. No sería yo como el insensato pródigo que vive en perpetuo escándalo, pagando comilonas a vagos y parásitos que se ríen de él y lo arruinan. No sería yo como el vil avaro, solterón, egoísta, que pasa la vida contando su dinero, lleno de privaciones y de zozobras, para que el mejor día la portera de su casa se lo encuentre muerto en un miserable catre de tijera y cargue con las onzas de oro que él ha colocado en simétricos cartuchos. No sería yo como el desatentado jugador, ni como el imbécil domador de bailarinas; ni tampoco como el sandio especulador que, pudiendo llevar una vida sosegada, lleva una vida de perros con tal de doblar un capital que, después de doble, no puede retribuirle los afanes ni el tiempo que le ha costado doblarlo...

»¡Oh! No; yo no sería nada de eso.

»Yo gastaría mi dinero como filósofo, como artista, como cristiano. Procuraría ante todo estar en paz con mi alma, y que mi alma estuviera también en paz con Dios: protegería el mérito; premiaría la virtud (no en públicos certámenes); socorrería la miseria; fomentaría, en fin, las ciencias, las artes y la literatura. ¡Cada onza mía dejaría un rastro luminoso en la historia del género humano!

»¡Cuántas grandes obras se realizarían bajo mis auspicios! ¡Qué preciosidades artísticas adornarían mis salones! ¡Hasta la fachada de mi palacio sería un monumento público, un recreo para todos, una página para la civilización, una ufanía para mi siglo!

»¡Y cuántas familias haría yo felices! ¡Cuántos genios ignorados sacaría yo a luz!... ¡Yo, que conozco tantos y tantos que solo necesitan veinte duros para brillar!...

»¡Qué viajes tan útiles y tan aprovechados haríamos juntos! ¡Cómo emplearía en el bien la influencia que mis cien millones me darían cerca del gobierno! ¡Qué periódico tan independiente fundaría, que dijese la verdad al público! ¡Cuántas feas me deberían su dote, su casamiento y su felicidad!

¡Qué conciertos, qué comidas, qué reuniones literarias, qué concursos, qué torneos, qué de maravillas habría en mi casa!

»¡Oh, señor inglés! ¡Oh, señor lord! ¡Oh, señor banquero!... Os veo conmovido... —continuaría yo exclamando—. ¡La verdad de mis palabras ha lucido ante vuestros ojos! ¡Vos mismo no habéis podido menos de asombraros al pensar en el ruido, en la gloria, en el provecho que podrían dar al mundo esos cien millones que duermen en vuestra arca, inútiles, mudos, empolvados, envilecidos en ocio abominable! ¡Vos mismo os habéis espantado del inmenso poder que adquiere el dinero en unas manos como las mías! ¡Vos acabáis de recordar aquella gran frase de un filósofo: La prueba del poco aprecio que da Dios al dinero está en la clase de gente a quien se lo otorga a manos llenas! ¡Vos, en fin, sentís ya remordimientos de haber sido hasta aquí tan estérilmente rico, de no haberme conocido antes, de no haber adivinado mi existencia, de no haberme dado esos cien millones... no bien puse los pies en vuestra casa!»

Ahí tenéis mi primera idea.

¡Creo que es magnífica!

Yo, por lo menos, juro que, si me viera en el caso del inglés antes descrito; si fuera él y se me presentase un joven como yo y me dirigiese una arenga semejante a la que acabáis de oír... le entregaría sin vacilar los cien millones...

¡Se los entregaría, sí! ¡Lo juro por lo más sagrado!

Pues bien; varias veces he consultado esa idea con hombres de mucho mundo y de grandísima experiencia, y todos me han aconsejado... «que no vaya a Londres, si no quiero perder el dinero del viaje».

Es decir, que mis consejeros opinan que el inglés no haría caso de mi arenga, y que desde luego me tomaría por loco.

¡Es decir (y aquí necesito ya hacer uso de las admiraciones), que mi colosal idea sería desoída o befada y despreciada, como lo fue mucho tiempo la de Colón, como lo fue la de Galileo, como lo es la de Montemayor!

¡Es decir, que el mundo seguirá siempre sordo a la voz del genio, ciego a la luz de la verdad, insensible a los rayos de la inspiración!!!

Después de desahogarme a mis anchas con tales o parecidas exclamaciones, consideré oportuno, al cabo de algún tiempo, renunciar a tan sencilla idea, y di cabida a esta otra que no me pareció menos feliz y peregrina.

III

—Pepe... —dije un día a cierto José que tiene mucho talento, pero que necesita otros cien millones de reales: Pepe, ¡eureka!

—¿Cómo? ¿Qué has encontrado?

—¡Los cien millones de reales!

—¡Son partibles! —exclamó Pepe.

—No es necesario... —repliqué yo—. Te regalo otros ciento.

—¡Esto es serio! —repuso Pepe, acercando su silla a la mía—. Explícame tu idea.

—¡Es una idea de primer orden!...

—Veámosla enseguida.

—Atiende y la sabrás. ¿Cuántos habitantes tendrá la Tierra?

—Yo creo que tendrá de novecientos a mil millones...

—Me contento con que la habiten ochocientos cincuenta millones de seres humanos... ¡Yo necesito buscar el modo de que cada uno de ellos me dé un cuarto! Conseguido esto, heme ya poseedor de cien trillones de reales.

—Exactamente... —respondió mi amigo—. Has echado bien la cuenta.

—¡Nadie me llamará ambicioso! ¡No hay tan pobre que no tire diariamente un cuarto, ni padre que no te dé por su hijo, si se trata de procurarle alguna cosa muy necesaria! Ahora bien; para que esta cosa muy necesaria, vendida a cuarto, me deje un cuarto de ganancia, yo necesito: 1.º, que no me cueste nada: 2.º, poder llevarla a todos los untos de la Tierra, sin gastos de conducción de transporte; y 3.º, cobrar todos y cada uno de esos cuartos sin descuento ni quebranto alguno. Por consiguiente, mi mercancía no ha de ser física: ha de ser moral. Siendo moral, no me cuesta nada el adquirirla, ni el transportarla, y logro al mismo tiempo simplificar la cobranza de tal manera, que con hacer cuatro grandes viajes (cosa que deseo muchísimo) a las cuatro partes del mundo que aun no conozco, habré cobrado los cien millones... Me explicaré.

Supongamos que digo a los habitantes del Planeta: «Señores: yo soy adivino. Yo sé qué día va a acabarse el mundo; y la prueba de que lo sé, es esta, y esta, y la otra... Sin embargo, yo no se lo diré a nadie, a menos que cada habitante de la tierra me pague cuatro maravedís adelantados. ¿Quién, por un cuarto, no quiere saber con anticipación la terrible fecha del día del Juicio? Pues bien: vosotros, europeos, mandaréis ese cuarto a Madrid, calle de tal, número tantos, para lo cual podéis reuniros por Municipios, enviar vuestro contingente a las capitales de provincia, de las capitales de provincia a las metrópolis y de las metrópolis a mi casa; o bien podrá partir la iniciativa de los gobiernos, adelantándome cada uno la cantidad que corresponda a su Nación, con arreglo a los habitantes que ésta cuente, imponiendo luego una captación de a cuarto por persona, o inventando un arbitrio nuevo sobre cualquier operación inocente e imprescindible de la vida. Vosotros, africanos, haréis lo mismo en Ceuta; vosotros, asiáticos, podréis reunir vuestra cuota en Bombay; vosotros, americanos, en La Habana; y vosotros, habitantes de la Oceanía, girad sobre Manila, que es ciudad española».

Esto diría yo a los habitantes de la Tierra.

Con el contingente de Europa, que, según te he indicado, podría cobrar en mi casa, emprendería el viaje a Ceuta, a Cuba, a Filipinas y a la India, y al cabo de un par de años me encontraría poseedor de todo mi dinero y autor de un viaje de circunvalación. Entonces, ocurriría una de dos cosas: o ya se les habría olvidado a todos que me habían dado la despreciable cantidad de un cuarto, o yo diría para cumplir: «El mundo se acaba dentro de dos siglos». ¡Y que fueran a buscarme al terminar el plazo! Queda, pues, reducida la dificultad a probar y hacer creer que soy adivino.

—Eso es fácil... —murmuró Pepe con acento filosófico.

—¡Y tan fácil! —repliqué yo.

—La dificultad... —prosiguió mi amigo aún más filosóficamente—; la dificultad consiste en otras muchas cosas.

—¿En qué cosas?

—Primeramente en la concurrencia, o sea en la competencia. Tan luego como tú echases a volar el anuncio o reclamo, y viesen tus prójimos que el negocio prometía, en cada ciudad del mundo aparecería un prospecto ofreciendo una edición económica de tu noticia: es decir, que los kurdos, los mongoles, los japoneses, los hotentotes, los franceses, los italianos, todos y cada uno de los pueblos a quienes pidieras el cuarto, darían de sí un industrial que ofreciese revelar el día del fin del mundo por un ochavo, o sea con un 50 % de rebaja. En segundo lugar, muchos pueblos del globo no tienen todavía moneda. En tercer lugar, carecen de periódicos y demás medios de publicidad; de modo que tu proyecto tardaría cuarenta o cincuenta años en llegar a conocimiento de todos los hombres. En cuarto, lugar, para entenderte con el género humano entero, necesitarías poseer todos los idiomas del mundo, o buscar personas que los poseyeran, lo cual es prácticamente imposible. En quinto lugar, como tú no tendrías medios de declarar la guerra a la Nación que te estafase, resultaría que muchos gobiernos, sobre todo en los pueblos incultos, harían la cobranza y se comerían tu sangre, como el otro que dice. En sexto lugar...

—¡No te canses, Pepe! —interrumpí yo—. Estoy convencido. ¡Ni un hombre, ni todo el género humano me darán los cien millones! ¡El hombre, o sea el inglés, será sordo a mis argumentos! ¡La Humanidad, hostil a mis intereses! ¡Oh! ¿Dónde está la familia humana? Si todos los pueblos de la tierra hablasen una misma lengua y tuviesen tratados aduaneros mancomunes, o lo que sería mejor, no tuviesen aduanas; si en todas partes fuesen iguales los pesos, las medidas, la moneda, las costumbres, la forma de gobierno, las modas y las creencias, ¡qué especulaciones tan grandes, qué negocios tan gigantescos podrían hacerse! ¡Desde luego, yo les sacaría sin sentir a los hijos de Adán esos cien millones de reales!

IV

Ahí tenéis los dos únicos medios que se me han ocurrido en toda mi vida para lograr la susodicha cantidad. Ambos han sido declarados ineficaces por personas competentes; y yo, aunque no convencido del todo ni de la competencia de éstos ni de la ineficacia de aquéllos, la verdad es que he renunciado a ponerlos en planta. ¡Graduad mi desesperación!

Sin embargo, como el que no se contenta es porque no quiere, heme dedicado últimamente a buscar dentro de mí mismo la equivalencia de esa cantidad, y dentro de mi mismo la he encontrado...

¿Qué no encontrará el hombre en su corazón o en su cabeza, en sus sentimientos o en su fantasía, si sabe sondearlos?

El alma humana es un reflejo del infinito, y hasta quizá el infinito mismo. El alma es como una reducción fotográfica de la Creación y en ella están condensadas todas las obras de Dios; pero tan condensadas, que a primera vista solo vemos un punto negro. Un punto negro es también el mundo exterior, cuando lo velan las tinieblas, y dentro de ese punto están comprendidas, sin embargo, todas las cosas. Solo falta un rayo de luz que disipe las sombras, para que las cosas se esclarezcan y el punto se convierta en el universo. Y para que la reducción fotográfica de nuestro espíritu descubra todos los tesoros que guarda, basta que le apliquemos el vidrio de aumento de la fe o de la inspiración. Tienen ojos y no ven, dice el Evangelio.

¡Sí! ¡yo he encontrado dentro de mí, en los bolsillos de mi imaginación, esos cien millones de reales!

¿De qué manera? De una manera muy sencilla, que está al alcance de todos: dedicándome en cuerpo y alma a hacer castillos en el aire, como los muchachos de trece años; partiendo del principio, o sea del punto matemático, de que poseo los cien millones, y poniéndome a pensar muy seriamente, durante muchas horas seguidas, en las cosas que yo haría con ese dinero.

A este fin me acuesto al ponerse el Sol; apago la vela; meto la cabeza entre las almohadas, y me estoy así (procurando no dormirme) hasta la madrugada del día siguiente, que me duermo... y sigo soñando que soy millonario.

Todo este tiempo, que equivale a la mitad de mi vida, lo paso disfrutando con la imaginación los placeres de la riqueza, bien esté despierto, bien esté dormido.

Nada falta a mi ilusión. Yo toco el oro; yo veo los billetes de Banco; yo giro letras sobre las primeras casas de Europa; yo recorro mis fincas; yo taso mis coches, mis cuadros, mis muebles, mis libros, mis estatuas, mis caballos, mis músicos, mis bufones, mis caridades, mis placeres, todos mis gastos; yo soy rico, en fin, y pienso en lo que piensan los más opulentos; y duermo poco, como a ellos les acontece.

—Si yo tuviera cien millones... —me digo cien veces cada velada—. Si yo tuviera cien millones, compraría esto, lo otro y lo de más allá; echaría por este camino, evitaría el otro; viviría de tal suerte; pensaría en tal sentido, etc., etc., etc., etc., etc., etc.

Y es la verdad que, en esta fantasmagoría, pasa ante mis ojos la vida entera; formo mil novelas en la imaginación, hago la crítica de todos los afectos, de todas las personas, de todas las virtudes, de todos los vicios; desentraño cuestiones muy profundas de moral, de filosofía, de gobierno, de arte, de economía... y todo sin intención de ello, como quien lee libros en un idioma que no comprende.

Quizá algún día escriba muchos volúmenes, con el mismo título del presente artículo. En ellos referiré todas mis cavilaciones de una de estas noches fantásticas, y enumeraré las cosas portentosas que haría yo en el mundo, si tuviese cien millones de reales...

Desde ahora hasta entonces, salud... y acostarse temprano.

Madrid, junio de 1859

CARTAS A MIS MUERTOS

Madrid 2 de noviembre de 1855

> ¡Ay del que en una y otra sepultura
> Prendas del alma sumergirse vio,
> Y ansioso tornó a amar en su locura,
> Y otra vez y otra vez su bien perdió!
> ¡Ay de mí, que, rebelde y furibundo,
> De la fe y del temor rompí los lazos,
> Y abarqué el universo... y vi que el mundo
> Era un cadáver más entre mis brazos!
> (Versos inéditos míos.)

Prefacio

Ningún día del año, ninguno, ni el de san José, que es día de media España; ni el de los Santos Reyes, en que reciben todos los generales de nuestros Ejércitos; ni el de Añonuevo, en que se felicita a todo el mundo; ni antes de emprender un largo viaje; ni después de algún cambio político favorable a mis ideas; ni en vísperas de elecciones de Diputados a Cortes; ni al salir de grave enfermedad; ni cuando me entran ganas de ser académico; ni a poco de contraer matrimonio, ni la mañana del estreno de un drama mío, ni al día siguiente de perder mi caudal al juego... (ya comprenderán ustedes que todavía no me he visto en casi ninguna de estas circunstancias); nunca, en fin, es tan larga la lista de mi tarjetero, nunca tengo tantas visitas que hacer, como el día de la Conmemoración de los Fieles Difuntos.

¡Y es que pocos hombres de mi edad habrá sobre la tierra, cuya cuenta con el cielo sea tan larga como la mía! ¡De cuantos barcos eché a la mar, y fueron muchos... (hablo metafóricamente), apenas veo ya alguno que otro, desarbolado por los huracanes, tendido y solo sobre las arenas de la playa!... Los demás se hundieron para siempre en el Océano.

Dice nuestro inmortal Quevedo:

¡No tanto me alegrárades con hojas
En los robres antiguos, remos graves,
Como colgados en el Templo, y rotos!

¡Noble, filosófico, ascético pensamiento, digno de un espíritu de primer orden! Pero, si Quevedo estaba en lo firme, no es menos cierto que la Tierra se reduce ya para mí a un inmenso camposanto. Mi verdadera patria se encuentra ya ultratumba. Cuando yo muera me figuraré que resucito. Allá tengo muchas más relaciones que acá.

Por eso me agrada ir todos los años, tal día como hoy, a visitar el cementerio más próximo a mi casa. Nada me importa que el panteón sea este o aquel... ¡La muerte es cosmopolita! Dondequiera que hallo cirios, cruces y coronas, allí creo que están mis muertos, los míos, mis predilectos finados, los seres que me abandonaron y cuya ausencia debiera llorar todos los días. ¿No es cada camposanto una colonia de esa patria de todos, que se llama la Eternidad?

Y no voy a llorar... pues ya no se estila hacerlo.

Ni a rezar... porque no me agrada rezar en público.

Ni a dar limosna para Misas; pues conozco a algunos Sacerdotes que me las dicen de balde...

Voy a consolarme de no ser ministro, ni sabio, ni hermoso, ni banquero. Y, de camino, felicito a mis difuntos y los entero de cuanto ocurre por aquí.

Pero ¡ay! este año son tantos mis quehaceres, que me es imposible ir a darles los días en persona...

Quédame dichosamente el moderno recurso del correo interior, y a él apelo, temeroso de que mis amigos del otro mundo se figuren que los he olvidado, y mueran de pena, o, por mejor decir, resuciten... lo cual sería mucho más espantoso... para ellos.

Ved, pues, lo que les digo con esta fecha, comenzando por cierto casado que murió muy joven:

I

Amigo mío:

Tu mujer era una hipócrita: todas las promesas de eterno amor que te hizo durante la Luna de miel, y todos los ofrecimientos de viudez perpetua que te dio a libar en tus últimos instantes, hanse convertido en un Capitán de Caballería, con el cual se casará de un momento a otro.

En mi concepto, la viuda que contrae segundas nupcias amaba a su primer marido lo suficiente para procurarle un Cirineo si llega a tardar en morirse.

Yo te doy, pues, la enhorabuena por el tino que has mostrado rompiendo tan a tiempo los lazos que te unían a semejante Lucrecia Borgia.

Tuyo afectísimo, etc.

II

Mujer invencible, corazón de piedra, encantadora y terrible criatura, he asistido a tus funerales.

Te he vencido en generosidad. ¡Tú fuiste siempre implacable para mí! ¡Yo te he visto vencida por la muerte... y he llorado!

¿Qué era ya de tu orgullo, de tu coquetería, de tu soberbia?

¡Allí estabas sin poder ninguno sobre mi corazón! Podía engreírme de mi libertad, y puse en tu féretro una corona de flores.

Horas enteras he pasado viéndote dormida en el ataúd. Te hallabas tan desarmada por el no-ser, que te compadecí. ¡Oh, mi compasión te habría matado si ya no estuvieras muerta!... ¡Compadecerte yo, reina mía!...

Por último, me pareciste fea y asquerosa... ¡y te dejé para siempre, para siempre!

A mi regreso a casa, vi en el balcón a Dolores, y la saludé con inusitada dulzura... Entonces me acordé de ti (que ya estarías debajo de tierra), y —¡agradécemelo!— suspiré de nuevo como un esclavo.

Adiós, cruel; hasta el año que viene.

III

Inolvidable, respetadísimo amigo:

Hace algunos años, desde el borde del sepulcro me prometió usted irónicamente venir, si podía, luego que muriese, a darme la razón, suponiendo que yo la tuviera, en nuestra constante y cariñosa polémica acerca de los destinos de la Humanidad, de la existencia del espíritu, de la inmortalidad del alma.

Tenía usted ochenta años y yo dieciocho cuando refilamos tan tremenda batalla. Usted era ateo y yo creyente. Usted se acercaba a la tumba, diciéndome: «Dentro de pocas horas habré vuelto al sueño de la nada...». Y yo penetraba en la existencia, diciéndole a usted: «Nuestra vida mortal es el verdadero sueño del espíritu, y con la muerte del cuerpo principiará el despertar del alma».

Han pasado algunos años desde que murió usted, y, aunque no me ha cumplido su promesa de aparecérseme una noche para describirme, dado que existieran, los reinos de ultratumba, debo decirle a usted que yo no he dudado por eso de que semejantes reinos existan.

Yo vi a usted arrojar el último suspiro entre sonrisas de incredulidad, es cierto; pero con la calma del hombre valeroso y honrado cuya vida había sido modelo de virtudes domésticas y sociales! «¡Hasta nunca!», fueron las últimas terribles palabras que pronunció usted, continuando así nuestra controversia desde las mismas regiones de la muerte. «Hasta luego», le contesté yo a usted, cerrando sus ojos con mi cariñosa mano.

Usted no me oía ya. El problema estaba resuelto para su alma: acababa usted de morir.

Entonces coloqué mi mano sobre su fría y calva frente, que tan altiva se alzaba al cielo pocos momentos antes, y medité: «¿Dónde está (me dije) aquel espíritu de investigación que tenía aquí su asiento? Aquella idea inmensa que llenaba los espacios y los siglos, y llevaba aún más lejos su curiosidad sublime, ¿dónde está? ¿En este cadáver? No. Pues ¿dónde?».

¡Oh, si usted se hubiera contemplado a sí propio tan triste, tan yerto, tan mudo, tan solemne en su inmovilidad, tan diferente de como siempre había sido... habría creído en la ausencia de su alma!... Parecía que el cuerpo echaba de menos el soplo de vida.

Por lo demás, enterramos los despojos de usted en el duro suelo, como usted mismo había deseado...

Y aquel polvo se convertiría enseguida en gusanos, frondosa yerba, azulado fósforo, etcétera, ete., según usted había previsto.

Y yo me afirmé más y más en la creencia de que su alma de usted seguía viva en otra parte, al reparar, como reparé, no sin melancolía, en la glacial indiferencia con que abandoné su amado cuerpo, tan luego como comprendí que lo había abandonado también el espíritu.

Hasta la vista, pues, queridísimo difunto.

IV

Mi pobre amigo:

Tus hermanas se quitaron el luto a los seis meses.

A la semana siguiente las vi en un baile.

¡Estaban tan gordas, tan coloradas y tan bonitas!

V

Apreciable camarada, estimado sido, querido ex-ser:

No sientas haber dejado este mundo. En los tres años que faltas de él, nada ha ocurrido que pueda darte dentera por no haberlo presenciado.

Todo sigue lo mismo; solo las mangas de las levitas han cambiado; ahora se llevan un poco más estrechas.

La Eleuteria se casó.

Cómoda tropezó al fin, realizando tus pronósticos.

Dámasa se ha hecho mujer, y gusta mucho.

Nuestro terrible Canuto cayó al fin en las redes del matrimonio.

Ninguna novia tuya se acuerda de ti.

Nosotros vamos al café a las mismas mesas que cuando tú vivías, y se nos pasan semanas enteras sin recordarte ni por casualidad.

Tu hermano hace conquistas, luciendo tu reloj y tu paraguas.

La política lo mismo: la dificultad en pie.

No hay actrices nuevas.

Seguimos despreciados por toda Europa y por toda América.

Los marroquíes y los mexicanos siguen insultándonos impunemente.

Ni Portugal ni Gibraltar han sido reincorporados a la madre España.

Las zarzuelas no han desaparecido todavía, ni han engendrado la ópera española.

Ya habrás visto ahí a alguno de nuestros amigos. Hablé a Carlos en sus últimos momentos, y le encargué expresiones para ti.

Supongo que estarás en el Infierno, y que por tanto, no habrás visto a un ángel que he perdido y que morará en la Gloria.

Dime si Satanás se parece a la pintura que de él hizo Milton.

Yo espero ir al Purgatorio, o, por mejor decir, ya estoy en él.

Tu drama sigue muy aplaudido. ¿Te sirve de algo la gloria póstuma?

VI

Mi bondadoso y apreciable acreedor:

¡Conque se murió usted!...

¡Dios lo tenga en su gloria!

¿Me perdona usted la deuda? ¿Sí? ¡Toma!... ¡Ya lo esperaba yo de su generosidad!

Dígame usted, ¿hay algo de cierto en lo de la metempsícosis? ¡Hombre... cuidado! ¡No sea usted atroz! ¡No vuelva usted a nacer, por María Santísima!

¿Quiere usted creerme? Hasta que murió usted estuve persuadido de que había hombres inmortales... (¡No es broma!) Y desde que ha muerto usted, siento muchísimo creer en la inmortalidad del alma.

Conque... hasta el valle de Josafat... donde me excusaré de pagarle... porque... como resucitaremos desnudos... no tendrá usted bolsillo en que meterse el dinero.

¡Abur!

VII

Joven suicida:

Os matasteis... ¿y qué?

Las gacetillas de Madrid hablaron pedagógicamente del asunto.

Yo he olvidado, ya vuestro nombre: lo olvidé al minuto de leerlo.

Vuestra coqueta querida se convenció de que erais un adversario indigno de ella, y sonrió con desprecio.

Vuestra madre está loca de dolor.

¡Sois un malvado!

¡Sois un mezquino!

Lo segundo es peor que lo primero.

Pues tan filósofo erais; pues tanto despreciabais la vida, ¿por qué no moristeis como Eróstrato?

¡Así, al menos, hubierais llegado a la posteridad!

¡Qué! ¿No hay ya ningún Templo de Diana que quemar para hacerse célebre?

¿No sabíais la historia del Lagarto de Jaén?

VIII

Muy señor mío y de mi mayor consideración:

Mucho tiempo hace que no lee usted los periódicos.

Antes, todas las mañanas, en la cama, después del chocolate, se aprendía usted de memoria el correo extranjero de El Clamor Público, y se levantaba usted tan satisfecho, como si acabara de recorrer toda la Europa...

¿Cómo puede usted pasarse ahora sin saber lo que sucede en estos mundos de Dios?

IX

Don Dimas:

¡Esto es un sacrilegio! Mi amigo Luis derrocha el caudal que vos reunisteis grano a grano.

Vuestra avaricia ha engendrado su prodigalidad.

¡Qué abnegación la vuestra, don Dimas! Vivisteis en bohardilla por ahorrar dinero, y este dinero paga hoy un cuarto principal en que habita vuestro sobrino.

Vos comíais arenques; él come salmón.

Vos no fuisteis nunca al teatro; él va todas las noches.

Y vuestro oro, vuestro amarillo, vuestro reluciente, vuestro querido oro, vuestras rancias peluconas, corren que es un portento de garito en garito, de lupanar en lupanar.

¿Cómo no resucitáis, don Dimas, y recogéis vuestro dinero, y os coméis a vuestro sobrino?

X

Duque:

Tu lacayo tiene la insolencia de vivir más que tú. Él toma el Sol, respira el aire y va al teatro de la Zarzuela, mientras que a ti te comen los gusanos... ¡Duque! ¡Señor duque!

XI

¡Duermes al fin!... ¡Ah! ¡Sí, descansa, descansa en paz! ¡Ya eres más dichosa que yo!

Cuando mi aparente dicha hería como un sarcasmo tu infortunio;

Cuando tus desventuras me vengaban;

Cuando un prematuro otoño te brindaba frutos enfermizos, que no eran la cosecha de la vida, sino los esqueletos de sus flores;

Cuando, sin fe, sin amor, sin esperanza, era tu porvenir una maldición, tu pasado un remordimiento, tu presente un páramo de horribles decepciones;

Cuando, perdida la juventud del alma y la frescura del cuerpo, te mirabas y no te conocías, me mirabas y llegabas a conocerme, y a temblar, y a arrepentirte;

Cuando el mundo se desprendía de ti, como de una hoja seca;

Cuando yo mismo apartaba los ojos de tu belleza profanada, y confiaba en olvidarte, y ponía hacia otras regiones el rumbo de mis días, y te dejaba sola en tu desesperación, como quien abandona una isla desierta;

Cuando tú te convenciste dolorosamente de que yo (tu primero y último amigo, el más fiel, el más generoso), también te desahuciaba, también te huía...

¡Ah! ¿Qué te restaba sino morir?

Moriste a tiempo. Los ojos de la Misericordia se han vuelto hacia el último instante de tu vida, y lágrimas y flores y bendiciones te han acompañado a la tumba!

¡Has sabido morir! ¡Duerme en paz! ¡Reposa, reposa, al fin, después de tan deshechas tempestades!

Ya estás redimida: tu sepulcro es tu pedestal, y, por la vez primera, después de muchos años en que el orgullo me ha servido de mordaza, puedo decirte sin sonrojarme esta verdad, única de tu vida, que tanto te hubiera consolado en la hora de tu muerte:

¡Nunca dejé de amarte!

Madrid, 1855

LO QUE SE VE CON UN ANTEOJO

I

Hacia la mitad del mes que viví encerrado (porque tal fue mi gusto) en el Castillo de Gibralfaro, sucedió que cierta mañana, después de almorzar sosegada y grandemente, cogí un magnífico anteojo que había puesto a mi disposición el Gobernador de la Fortaleza, salí de mi pabellón, y me dirigí hacia la Batería de Poniente.

Aquella batería es una torrecilla almenada que domina a Málaga más que ninguna otra del Castillo. Y ¡qué panorama tan sublime se descubre desde lo alto de la torre!

Allí, montado en un obús de a 7, con el anteojo en una mano y una corneta en la otra, he pasado los días más tranquilos, más uniformes, más dichosos de mi breve, pero ya fatigosa vida... He aquí mis operaciones diarias:

Contemplar el azul Mediterráneo, que se extendía a mi izquierda hasta donde una línea de azul más oscuro que el cielo y que el Mediterráneo marcaba, en los días muy claros, el contorno de la costa de África:

Ver a mis pies a Málaga, graciosa, apiñada, nueva, floreciente:

Extasiarme mirando las campiñas, que se dilataban a mi derecha hasta festonear los zócalos de las montañas.

Es decir: abarcar de una ojeada el mar, la población y el campo, no teniendo sobre mí otra cosa que la inmensidad del cielo:

Ver salir el Sol:

Verlo ponerse:

Esperar por la noche a la Luna, como quien espera a su novia:

Decirle ¡adiós! cuando, al amanecer, caía rendida en los montes de Occidente:

Ver entrar en el Puerto barcos de todos los países...

O despedirlos cuando desaparecían hacia el Estrecho de Gibraltar, ¡hacia América!...

Seguir de noche la rotación del Faro y sus reverberaciones en el agua:

Oír el canto del marinero y del pescador:

Contemplar la Capital iluminada en medio de las tinieblas, como ancho túmulo en una catedral sombría:

Escuchar el rugido o el llanto de las olas, el zumbido de la población despierta y la respiración de la población dormida, el alerta de los centinelas, el canto de las aves, el repique de júbilo de las campanas o su plegaria de agonía:

Y, por último, ver a los hombres caminar incesantemente, como hormigas, desde Málaga hacia aquel otro pueblecito de mármol que está detrás de la ciudad, el cementerio, y pensar en que mi pensamiento era más ancho que aquel horizonte y que aquellas estrechas vidas de la capital; más ancho que el tiempo y que la distancia; tan inconmensurable como el cielo que nos envolvía a mí y a la Tierra en su ilimitado manto azul...

II

Hallábame, pues, aquella mañana en la tal Batería, viendo con el anteojo a las lindas malagueñas que se creían más solas y menos observadas en sus gabinetes, patios o azoteas, y saludando a mis amigos con tal o cual toque de corneta, cuando, en un momento de descanso, distinguí a la simple vista... allá, en la orilla del Guadalmedina, junto a una solitaria torre... un numeroso grupo de gente, en medio del cual brillaban algunas armas.

Puse hacia allí la dirección del anteojo, y vi un gran cuadro de tropa, fuera del cual se agitaba mucha gente.

¿Qué era aquello?

Acostumbrado a los simulacros de los llanos de Armilla, de Granada, y del Campo de Guardias, de Madrid, creí que iba a asistir a un ensayo de guerra... ¡y me alegré!

¡Porque a mí me gustan mucho estas aparentes matanzas, inventadas por los militares!

Pero, ¡ah!, esta vez no se trataba de un simulacro.

He de advertir que, merced al anteojo, distinguía yo hasta las caras de aquella muchedumbre, como si las viese a dos pasos de distancia.

Estaba, pues, en medio del gentío... tocándolo con la mano...

De pronto vi salir de la ciudad y caminar hacia aquel sitio una hilera de Niños... de la Providencia, como dicen allá.

Iban con sus saquitos negros, con su melancólica apostura, con su triste condición en la frente.

¿Qué representaban allí aquellos parias de la Humanidad?

Llegaron al fin, y penetraron en el cuadro, donde quedaron inmóviles, con las manos cruzadas...

Una punzante idea bajó de mi cabeza a mi corazón...

¡Las oraciones y las armas solo van unidas delante o detrás de la Muerte!

El día se iba ennegreciendo a mis ojos.

Poco después entró un hombre en el cuadro de tropa, llevando un mueble, que dejó en tierra.

La interposición de su cuerpo no me dejó clasificar aquel mueble; pero, en cambio, advertí que lo clavaba en el suelo.

Apartose el hombre enseguida... y ya lo comprendí todo.

Era una silla cenicienta, sin más espaldar que un palo, y con un solo pie.

Iban a fusilar a alguien.

III

Espectáculo nuevo para mí, que solo había visto dar garrote cuantas veces había podido.

Hace cuatro años, emprendí un viaje expresamente por ver una ejecución.

¡Qué queréis! ¡Yo gozo en eso!

¡Me gusta ver a la sociedad entera, representada por el Clero, la Magistratura, el Ejército y la muchedumbre popular, reunir sus fuerzas mandando, no prohibiendo, consintiendo y no protestando para matar a un hombre, solo, inerme, atado, enfermo, suplicante!...

Me gusta, sobre todo, considerar allí varias cosas... que algunos calificarán de muy disolventes.

Y, cuando muere el protagonista, cuando cae el telón, me gusta también escuchar, o creer escuchar, este grito, que sale, o parece salir, de la boca de todos aquellos millares de verdugos:

—¡Alleluia! ¡La sociedad se ha salvado!...

Mientras que cada corazón va murmurando sordamente:

—¿Qué hemos hecho?

A lo que responde la conciencia:

—¡Dios lo sabe!...

Y contesta la Naturaleza:

—¡Algo muy horrible!

IV

Algunos minutos después salió de la ciudad y dirigiose hacia el cuadro, entre otra gran masa de gente, el esperado lúgubre cortejo.

Componíanlo un hombre, que llevaba un estandarte morado; diez o doce guardias civiles; unas veinte personas vestidas de frac (hermanos de la Paz y Caridad, sin duda), cuatro clérigos, y un soldado raso.

Un soldado (yo lo veía entonces por detrás) de mediana estatura, enjuto de carnes, con el hueso occipital estrecho y alto (señal de estupidez), el pelo lacio, negro, lustroso, las orejas pequeñas y muy encarnadas, y el cuello delgado, moreno, erguido, amoratado por la fiebre.

Vestía el tosco capote del soldado de Infantería; pero suelto, desceñido... innoble, y una gorrilla de cuartel cubría su cabeza.

Aquel degradante negligé era espantoso.

Llevaba atadas las manos, cruzadas sobre la espalda.

Un carabinero asía la punta de la cuerda.

Carabinero debía de ser también el reo, pues en todo el aparato de la ceremonia descollaban los uniformes de color de castaña.

Aquel capote de Infantería era una especie de hopa militar.

Detrás del sentenciado iban dos hombres.

El de la derecha era portador de una gran cesta con viandas, por si la víctima quería comer antes de morir.

¡Oh caridad sin ejemplo! ¡Ved la hiel y el vinagre!

El de la izquierda llevaba sobre sus hombros un ataúd.

Esto ya consolaba algo... ¡En aquel ataúd descansaría el pobre reo!

Había otros hombres dignos de mención. Por ejemplo:

Un expendedor de bollos, tortas y merengues, que aprovechaba aquella solemnidad y aquel concurso para hacer una ganancia loca:

Varios espectadores, que amenizaban el rato comiendo a dos carrillos.

Y el Entierro, que esperaba en el río a que hubiese cadáver que enterrar...

V

Retiré el anteojo con ira.

El espectáculo se desvaneció como un sueño.

Y me hallé solo.

Allá percibíase una mancha negra sobre el campo... Parecía la sombra de una nubecilla, y en realidad era un hormiguero humano.

He aquí todo.

¡Qué diminutos somos los hombres mirados desde una elevación de cien pies, o a mil pasos de distancia! ¡Qué cómicas son nuestras seriedades, qué inciertas y risibles nuestras justicias e injusticias!

Calmose súbitamente mi indignación.

El horror que iba a verificarse parecíame, desde tan lejos, un juego de niños, una danza de muñecos movidos por resortes, una lucha de insectos sobre la superficie de un pantano.

¡Oh!, sí... ¡Cuán mezquino, cuán insignificante era todo lo que había visto, todo lo que iba a ver, comparado con el Sol, con el mar, con el cielo, con aquellos tres grandes reflejos de Dios que embelesaban mi alma!

Entonces exclamé, cual si la distante muchedumbre pudiese oírme:

—¡Miserables! ¿Qué vais a hacer? ¿Qué entendéis vosotros de fuerza, de justicia, ni de leyes?¡Si rodara un trozo de esa montaña, os aplastaría a todos, jueces, soldados, criminal y verdugos! ¡Si avanzasen un poco las olas de ese mar os sorberían como a granos de arena! Figuraos que Dios desencadenase a cualquiera de los ejecutores de su cólera, a la tempestad, a la peste, al terremoto... ¿Creéis que solo mataría a ese llamado reo? ¡Vosotros, los que os llamáis inocentes, moriríais al par del culpable! Esa muerte, ese hecho de matar que tenéis en tanto, porque no sabéis hacer otra cosa, ¿no os recuerda, ¡imbéciles!, que todos estáis sentenciados a morir, y que si respiráis, si vivís, si tenéis acción para matar a nuestro hermano lo debéis a la clemencia de un insecto que no emponzoña vuestra sangre, o a la piedad de un soplo de viento que no os borra de la superficie de la tierra?

VI

Cogí de nuevo el anteojo, y en un momento me hallé otra vez en medio del teatro del suplicio.

El reo, entregado ya a los sacerdotes, marchaba atónito por el centro del cuadro.

De vez en cuando alzaba la cabeza y miraba la luz, el día, el Sol, el cielo...
Aquello, hecho maquinalmente, significaba sed de libertad.

Luego, parándose, miraba a su alrededor...

¡Estoy seguro de que veía mil millones de hombres y de bayonetas!

Entonces los clérigos le presentaban un Crucifijo.

Y el reo andaba.

Se comprendía que el afán de los ministros de Jesucristo era extirpar en el moribundo aquellos deseos de libertad (última, loca y suprema esperanza de la desesperación), y hacerle ver apetecible el martirio, aceptable aquel banco, gloriosa aquella muerte.

Yo no oía ni podía oír... Pero veía la enérgica y elocuente gesticulación de uno de los sacerdotes; veía sus inspirados y santos ademanes, la noble llama que brotaba de sus ojos, las tiernas caricias que hacia al insensato reo...

Veía esto y veía a la víctima caminar con paso firme, resuelto, decidido... ¡Estaba ansiosa de entrar en aquella otra vida que le ofrecían; vida donde ya no sería juguete de tantos lobos sanguinarios; vida en que no habría capitanes, ni soldados, ni fusiles, ni nada de lo que había caído sobre él como una montaña de plomo!

¡Ah! ¿Quién sino la Religión convencería a ese hombre de que la muerte es la felicidad?

¿Quién, sino ella, le haría asir el cáliz con mano tranquila y llevarlo mansamente a los labios?

¿Quién, sino tú, divina Religión de los cristianos, quitaría su ignominia, su horror y su ferocidad a esa muerte arbitraria, evitable, no decretada por Dios ni conforme a las leyes de la Naturaleza?

¿Quién sino tú apagaría el instinto de la carne, de la sangre, de los nervios, que lo retraen, que lo apartan de aquel sitio, que le impulsan a que se resista, a que luche, a que rabie, a que muerda, a que patee, a que diga, en fin, que no, que no quiere morir... que no quiere, que no puede, que no debe?

Ved aquí el más grande triunfo del espíritu sobre la materia, del alma sobre el cuerpo.

El Sacerdote se sentó en el banquillo.

Y el patíbulo dejó de ser infame.

¡El ministro de Dios no habría olvidado decir a aquel manso cordero que Jesucristo sufrió la misma afrenta!

El reo se arrodilló a los pies del Sacerdote y empezó la confesión...

¡Reo! ¡Acúsate de que eres hombre y que vives entre los hombres!

Ya diré antes de concluir cuál era el crimen de aquel pobre hermano nuestro.

El reo se sentó a su vez en el banco...

¡Ni un movimiento de repulsión!

Yo lo veía ya de frente.

Era joven; había regularidad en su semblante; tenía la barba algo crecida, los ojos vagos, la tez cárdena y lustrosa.

Atáronlo y no se resistió...

Ni tembló siquiera.

Sin duda estaba ya imbécil.

Le vendaron los ojos...

¡Ay!... Quedaban pocos minutos.

El lo sabía... y no botó sobre el patíbulo y no dio un grito espantoso; y no exclamó, reventando: «¡Mi vida! ¡Mi vida!».

¡Él, un hombre tosco, sin reflexión, sin ideas, sin capacidad para el heroísmo, sin condiciones de mártir!

¡Oh Religión! ¡Qué inagotables son tus consuelos! ¡Cuántos bienes derramas todavía sobre la tierra!

Cuatro compañeros de aquel hombre atado, vendado, inmóvil, agonizante y lleno al mismo tiempo de vida, de robustez y de salud... cuatro carabineros, cuatro amigos suyos tal vez, se destacaron de una fila; avanzaron al centro con paso acelerado, alevoso, maldito, y se pararon enfrente del condenado...

Este debió de oír preparar... debió de oír la voz de mando...

Los cuatro soldados se echaron las carabinas a la cara...

Pero en esto se enturbiaron los cristales del anteojo... y no vi más.

¡Acaso eran mis ojos los que se enturbiaban!

Levantéme a impulso de un rapto de ira; me golpeé la frente con las manos y miré al sitio fatal...

Allí estaba el hormiguero.

Encima de él oscilaba un poco humo...

Era lo único que se distinguía a la simple vista.

La Naturaleza continuaba entretanto esplendorosa, risueña, palpitante bajo las caricias del Sol, como una mujer enamorada...

El mar, el campo, la atmósfera, todo había permanecido indiferente ante la ridícula soberbia del hombre.

VII

Después supe que aquel infeliz, pasado por las armas, se llamaba Juan Pérez Fernández, y que era soltero, natural de Boal (Asturias), carabinero, de treinta y un años.

Su delito consistía en haber dado un ligero golpe a su sargento, en ocasión que éste lo insultaba ¡por cuestión de amores!!!

En la legislación civil semejante falta se corrige con cinco días de arresto.

En la legislación castrense, tamaño crimen se castiga con la última pena.

En la legislación de Dios... ¡Dios juzgará a su vez!

1854

EL AÑO NUEVO

Ecce nunc in pulvere dormiam
Et si mane me quæsieris non subsistam.
(Job.)

I

Cuando ciertos días del año, al tiempo de vestiros, reparáis en que el chaleco no pesa lo suficiente, y os preguntáis con asombro: «¿Qué he hecho yo de la paga de este mes?», acuden a vuestra imaginación tan pocas cosas dignas de aprecio, que apenas halláis haber disfrutado placeres o adquirido mercancías equivalentes a tres reales de vellón.

Pues lo mismo acontece cuando, en la más melancólica de las noches (la noche de San Silvestre, confesor y Papa), os preguntáis con melancólica extrañeza: «¿Qué he hecho de los trescientos sesenta y cinco días de este año?».

Y es que, en la una como en la otra ocasión, solo recuerda vuestra memoria cuatro estremecimientos de tal o cual especie; corbatas que se rompieron; guantes que se ensuciaron; embriagueces de amor o de vino que se disiparon a las pocas horas; días de gloria o de regocijo, que terminaron en su infalible noche; conversaciones que se llevó el aire; ratos de frío y de calor; mucho desnudarse y vestirse; mucho acostarse y levantarse; mucho comer y volver a tener apetito; mucho dormir; mucho soñar; haber llorado algunos días, creyendo eterno tal o cual infortunio; haber reído y gozado más que nunca pocos días después; soles de primavera que se pusieron; lluvias que cayeron y se secaron... ¿Y qué más? ¡Nada más! ¡Y lo mismo siempre! ¡Y el año pasado como el anterior! ¡Y el año que llega como el que acaba de pasar! ¡Y todo so pena de morirse!

¡Ay! Los años son cifras hechas en el aire con el dedo... La vida es una lucha con la muerte, lucha en que el hombre se bate en retirada hasta que la muerte lo pone en la del rey y le da con la puerta en los hocicos o, por mejor decir, no hay vida ni muerte, sino que la muerte es el olvido de la vida, como la vida es el olvido de la muerte.

Encuentro a un niño, y le pregunto:

—¿Adónde vas?

—¡Voy a la vida! —me responde con ansia y curiosidad.

Encuentro a un anciano, y le pregunto:

—¿De dónde vienes?

—Vengo de la vida... —me contesta melancólicamente.

Recorro entonces (recorriendo estoy ahora) los años que median entre niño y anciano, diciéndome: «¡Aquí debe de estar la vida!». Y busco, y miro, y palpo, y encuentro que la vida es un centenar de pórticos que se suceden en forma de galería, leyéndose sobre los cincuenta primeros: mañana... mañana... mañana... y sobre los cincuenta últimos: ayer... ayer... ayer... Me paro entre el último mañana y el primer ayer, y tiendo los brazos y digo: Este es el apogeo de la existencia. Aquí vienen o de aquí tornan todos los peregrinos. ¡Veamos el objeto de tan penoso viaje! Ayer... esperaba: «mañana... recordaré. ¡Por consiguiente, entre estos dos pórticos está la vida!...». Y me hallo solo conmigo mismo, abrazando contra mi corazón la sombra y el vacío; consumiendo un día cualquiera como el pasado y el futuro; esperando o recordando, pero nunca poseyendo... Y entonces no puedo menos de repetir aquel perpetuo aviso que un panadero puso a la puerta de su tienda: «Hoy no se fía; mañana sí».

¡Año nuevo!... El Almanaque lo dice, y muchos lo creen verdad. En cuanto a mí, creo que es más viejo que el anterior.

¡Año nuevo!, repiten algunos con alegría, como si dijesen: ¡levita nueva!

¡Ah, señores! ¡Contened vuestro entusiasmo! ¿Quién sabe si el año que hoy estrenáis habrá de ser vuestra mortaja?

¡Año nuevo! ¿Por qué? ¡Año limpio fuera más exacto! El año que empieza es el mismo que ya conocemos. ¡Es ese traje de cuatro remiendos, que han llevado todos los hombres, todas las generaciones, todos los siglos! ¡Es el infalible arlequín de las cuatro Estaciones! ¡Es un cómico que murió anoche sobre las tablas y que hoy principia a representar la misma tragedia! ¡Es la propia tragedia, si queréis, cuyo argumento no puede ya interesar a casi nadie!

Y, si no, recordemos algunas escenas.

II

Cuando en el mes de noviembre próximo se vista de luto el Año para representar el último acto de la tal tragedia; cuando las hojas que aún no han brotado hoy caigan al suelo marchitas... (porque brotarán y caerán según costumbre); cuando los tísicos y los pámpanos vuelvan a la madre Tierra, dejándonos, aquéllos sus obras, si son artistas, y éstos su vino, sus uvas o sus pasas... los Estudiantes de Medicina que hayan sido aplicados tendrán un año más de carrera, lo cual llenará de orgullo a sus señores padres, quienes dirán muy seriamente, como si esto no fuese un absurdo: Mi chico no ha perdido el año. Y, en efecto: su chico sabrá cómo se respira y se digiere, y hasta quizá dónde reside el alma, y las relaciones de ésta con los nervios... de cuyas resultas padecerá las mismas enfermedades que los demás hombres; habrá ganado un año universitario y perdido otro de vida, y se morirá como esos gladiadores que, al expirar, dicen a su enemigo: «Me ha matado usted en cuarta».

Mas no seamos tan descorazonados. Puede que el año neófito encierre algo más agradable que lo conocido hasta aquí. ¡Quién sabe si, durante él, variará la forma de los cuellos de camisa o la situación de Europa; lo cual, al llegar otro San Silvestre, nos consolará de tener una arruga más o un cabello menos!

¡Esperemos, señores! En un año nuevo pueden suceder muchas cosas nuevas, v. gr.: El año difunto, ¡bendito sea él!, ha respetado la vida de algunas personas que amamos... (¡Año misericordioso! ¡Ha preferido su propia muerte!) ¡Parárase el tiempo, aunque no conociésemos las modas que han de venir, los ryes que han de reinar y los grandes inventos que aún me prometo del hombre, y no correrían peligro de morir nuestros padres, hermanos y novias! Pero el tiempo no se para: el tiempo vuela. Tenemos año nuevo: preparad los lutos, si no para este año, para el que viene; si no, para el otro. ¡Pensad, en fin, que cada 1.º de enero es una amenaza! Ahora, si queréis libraros de estos disgustos, podéis moriros de antemano.

¡Salud a 1859!, ¡a la nueva incógnita! Pero, ¡haga Dios que la historia no lo registre en sus páginas; que la historia es casi siempre una lección inútil, escrita con lágrimas y sangre. He reparado que los niños se burlan de los viejos... He reparado también que los ancianos que llegan a ver viejos a sus hijos los tratan con aquella oficiosa ternura, aquel miedo y aquella consideración que tenemos a las personas que nos deben sus desgracias... He reparado, por último, que las madres sienten que sus niños se conviertan en hombres hechos y derechos...

¡Salud! ¡Salud a 1859!

Será este año tan largo como el 14 del siglo IV, salvo el déficit que cubrió después la Corrección Gregoriana. Y tan perdido quedará en el tiempo el año que empieza hoy, como cualquiera otro que pudiera citar. Y lo veremos después en la moneda, en las portadas de los libros y en las losas de los sepulcros, como a esas amadas de ocho días, cuyo imperio sobre nosotros no comprendemos al cabo de ocho meses.

¡Ay, sí!... ¡Pero vendrá la Primavera de 1859! La creación empezará a retozar como un potro de seis meses; los valles y las laderas de los montes abrirán al público sus perfumerías; de África y de Oriente llegarán compañías de pájaros a cantar gratis lo que Dios les haya enseñado; se tenderán alfombras de yerba en los campos; doseles de verdura cubrirán los bosques; el Sol atizará sus caloríferos, y el ambiente se dilatará tibio y amoroso como un animal acariciado. La Luna y el Sol, que habrán andado cada uno por un Trópico durante seis meses, se encontrarán en el Ecuador y saldrán a pasear del brazo por un mismo punto del horizonte...

¡Entonces se armará la de Dios es Cristo! Desde las hormigas hasta las águilas empezarán a hacer de las suyas: todo será luz, aroma y armonía: todo amor y reproducción; el aire se poblará de aves, de insectos y de átomos bulliciosos, y todos se dirán: ¿Me quieres? ¡Y ni de noche habrá silencio ni quietud! Las mismas estrellas se requebrarán en lo alto; solo que, como más sublimes, se dirán: ¡Te adoro! A todo esto los ríos se desperezarán contra las guijas de su lecho, dando estirones para llegar pronto a la mar salada, coquetona que los acoge a todos en su seno y les chupa su caudal, que gasta luego en vistosas papalinas de nubes y anchos peinadores de niebla.

Tal será la Primavera de 1859. Pues bien; en esos días tentadores, persuadidos por esas músicas, embriagados con esos aromas, desvanecidos en ese aire voluptuoso, los adolescentes que no han amado todavía sentirán escaparse de su corazón la primera bocanada de fuego; notarán que serpea por sus venas una sangre más activa; verán en el aire luces de colores, y llorarán sin saber por qué. ¡Amarán entonces por vez primera!... ¡Año dichoso para ellos! ¡Año inolvidable! ¡Año verdaderamente nuevo! ¡Nuevo para ellos solos!... Ya me parece que les oigo decir estas dos palabras infinitas, que brotan de nuestra alma en los momentos solemnes: «¡Siempre!». «¡Nunca!»

«¡Siempre» y «nunca», hemos dicho todos! «¡Siempre» y «nunca», nos han dicho también! Pero luego llega el año nuevo, y después el otro año... ¡y acaba uno por estremecerse al pensar en que hay años nuevos!

Así va siguiendo el argumento de la tragedia. Yo lo tengo al dedillo, y en verdad que no me alegro mucho... Pero, en fin, por conocida que sea la función, por triste que sea oírla de nuevo, sabiendo en qué ha de venir a parar, siempre habrá un consuelo para nuestra alma y una moraleja para este artículo.

Son del tenor siguiente:

III

Figuraos que ayer, día 31 de diciembre de 1858, a eso de las once de la noche (de esa noche que parece más tenebrosa que ninguna, porque es la noche de un año al par que la de un día), volvisteis a la antigua maña de pensar en la brevedad de la existencia. Figuraos que además estabais tristes, porque habíais perdido para siempre alguna prenda adorada (la madre que rizaba vuestros cabellos cuando niño, o el padre que os explicó la Naturaleza, o la mujer que iluminaba vuestra alma, o el amigo que hospedabais confiados en lo más íntimo del corazón); figuraos, en fin, que aún eran los tiempos del romanticismo, en que se estilaba ir a llorar de noche a los cementerios, y que vos erais romántico y os dirigisteis allá a la vaga luz de los luceros...

Pasemos por alto el frío que anoche haría a esa hora fuera de puertas, y supongamos que os sentasteis en una sepultura, en la sepultura querida, y que fijasteis los ojos en el cielo.

Miles de astros ardían en el sitio de siempre, como arderán el día de San Silvestre del año 1858, si entonces no se ha trasladado esta fiesta a otro mes, y como ardían hace cinco mil años, cuando San Silvestre no había venido todavía al mundo.

El cielo, infinito y transparente; la tierra, oscura y limitada; la capital de los vivos, que dejasteis a vuestra espalda bailando y echando los años; la capital de los finados, tan inmóvil y silenciosa como si no la habitara nadie; la poca historia que habéis leído y la mucha poesía que tenéis en la mente... todo se agolpó en aquel momento a vuestra imaginación, y empezasteis a pensar en cosas tan grandes y extraordinarias, que la lengua no tendría palabras para verterlas.

Las almas de los muertos, encarnando en vuestra memoria (permitidme la frase) vagaban entre vos y el cielo, y lágrimas ardientes bañaban vuestras mejillas... Todo el amor, toda la caridad, toda la virtud que economizáis en el mundo, y la justicia que echáis de menos en la tierra, daban gritos por salir de vuestro corazón... ¡Ello es que sollozabais sin saber por qué!

—¡No han muerto, no —decíais—, ni los seres que lloro ni las virtudes que no practico! ¡No han muerto ni mi fe, ni mi entusiasmo, ni mis padres y maestros, ni mis amigos y mis amores! ¡No han muerto, no, mi inocencia, mi esperanza, mis creencias, mi alma, en fin! ¡Mentira y vanidad es cuanto ansié en la tierra; mentira y vanidad aquella vida; mentira y vanidad son el poder y las riquezas y los honores; pero mi alma, pero mi llanto, pero mi Dios no son ni vanidad ni mentira!

Supongamos que en este momento dieron las doce los relojes de Madrid...

¡Era año nuevo!

Los muertos no añadieron un guarismo a la losa de su sepultura, ni los astros brillaron más ni menos que el día de la creación.

Entonces dijisteis:

—Para las tumbas y para el cielo, el tiempo no tiene medida. El alma carece de edad; y, mientras caen deshechos los ídolos de barro que erige la soberbia del hombre, el espíritu se purifica en el destierro para asistir al banquete de la Inmortalidad. El tiempo es el verdugo del que duda y el amigo del que espera.

A lo que añado yo:

—La división del tiempo, significa miedo a la muerte. Para el alma no hay más siglos ni más años que una noche de miedo y pesadilla y un día de gloria y bienaventuranza. Si hoy nos cercan las tinieblas, ¡esperemos confiados la aurora del nuevo día!

Madrid

LA FEA. AUTOPSIA

—¡Creo en el diablo!...
—¡Y yo en Dios!...
Ambos estaban en su papel.
(Balzac.)

I

En la dilatada familia de las feas, lo mismo que en todas, las especies clasificadas por los naturalistas, hay un arquetipo, un ejemplar de pura sangre, un modelo ideal, figura clásica en su género, como lo son, en otro orden de materias, la Venus de Milo o el bacalao de Escocia.

Este dechado es el que nos proponemos estudiar hoy; y, para encontrarlo, imitaremos a Linneo.

Primeramente: hay fea natural y fea accidental.

Fea natural es la destinada y preparada ab initio por el Creador para mártir.

Fea accidental es la que, por resultas de las viruelas o de una epilepsia se vuelve fea después de nacer. Esta fealdad casual no imprime carácter; es un error de la fortuna, como la riqueza de ciertos hombres.

Por consiguiente, la fea natural es la genuina, dado que trae en el alma todo lo que no trae en el cuerpo: es decir, dado que la Naturaleza, siempre próvida, la ha dotado de un alma de fea.

Subdivídese en graciosa y sin gracia.

La fea natural graciosa no tiene tampoco mérito alguno. La gracia es una segunda belleza, que suple por la primera, y que a veces la aventaja, neutralizando los efectos de la fealdad.

La fea natural sin gracia se acerca ya a la perfección del tipo, pero todavía se divide en discreta y en tonta.

La fea natural sin gracia, tonta, no existe en realidad; mas, cuando se da este fenómeno, acontece que las cualidades se desvirtúan mutuamente, produciendo un resultado neutro. Lo probaremos en pocas palabras. La tontería de la fea no es más que un velo de ilusión colocado ante sus ojos, mediante el cual se ve bonita y atribuye a respeto el desvío de los hombres, propalando que no quiere casarse: ¡cosas todas que la infeliz se cree a puño cerrado! Esta variedad híbrida, estéril y pedantesca, en que no obra el espíritu corrosivo de la fealdad, y que pasa la vida en un anticipado Limbo, abunda poco en las naturales, siendo muy común en las accidentales.

Por el contrario, la fea natural sin gracia, discreta; la fea consciente; la fea lúcida; la fea convencida de que lo es, casi realiza ya el ideal trágico y sublime que vamos buscando.

Pero aún puede perfeccionarse más la especie, haciendo una cuarta clasificación en rica, pobre y de la clase media.

La fea natural sin gracia, discreta, rica no existe para la fisiología moral. Fea y rica no puede ser. El oro es la luz y la luz disipa las tinieblas. La fealdad, ceñida con la aureola de don Félix Utroque, se convierte en hermosura: quiero decir, es adulada, festejada, mimada, acariciada por los codiciosos... ¡La fea rica se casa e ipso facto degenera, se frustra, se malogra! Convengamos en que no hay ricas feas.

Fea natural sin gracia, discreta, pobre, es ya demasiado decir. Pobre equivale a fea.(Hablo de las pobres de solemnidad.) Los harapos, la suciedad, el mal olor, la miseria en todos sus dolorosos aspectos, constituyen fealdad por sí mismos. Además, las bocas con hambre nunca son bellas... La lástima es enemiga del amor. Esto, en cuanto al que las ve. En lo que toca a las mismas pobres, creed que no padecen casi ninguna de las especialísimas penas inherentes a la deformidad. ¡Cuando se piensa en el estómago se olvida el resto! Por otra parte: la fealdad evita tormentos a la pobreza, dado que libra de pretendientes y de ambiciones a las doncellas menesterosas, eximiéndolas también de los peligrosos refinamientos de gusto que proporciona la educación. O, lo que es lo mismo: les evita la infamia, la envidia y hasta mucha parte de la conciencia de su desventura; con lo que el tipo queda desnaturalizado.

¡Henos, pues, ya enfrente de nuestra heroína, o sea de la fea natural sin gracia de la clase media!

¡De la clase media!... ¡Pesad esta última circunstancia! ¡Ni noche ni día! ¡Siempre crepúsculo! ¡Agonía eterna!

II

La fealdad es necesaria, sin fealdad no hay belleza: donde todo es igual, nada es sublime: de la comparación brota el mérito: si todas las mujeres que hay sobre la tierra fuesen Helenas, Frinés o Cleopatras, se buscaría una fea como inapreciable joya, o mejor dicho, lo feo sería entonces lo hermoso.

A más de esto (ya lo hemos indicado), la fea nata, que es como si dijéramos la fea innata, recibe en el vientre de su madre un alma hermosa, sensible, rica de ingenio y de abnegación...

No desconocemos que después estas almas de fea son torcidas, escépticas, lúgubres, desconfiadas... ¡Pero es que la sociedad las vicia! ¡La fea que no sea santa tiene que ser diablo!

Mas conseguid meteros alguna vez en el corazón de una fea; atravesad con vuestro afecto o vuestra compasión aquellas cortezas de desengaños, aquellas cicatrices de desprecios, aquellas escorias de decepciones, y encontraréis el más puro oro, las más celestiales lágrimas.

III

Nace la fea. Todos le ponen mala cara: el padre retrocede, la madre se abochorna; después la compadece; finalmente la oculta... ¡No está orgullosa de su hija!... Acaso teme también que diga alguna comadre: ¡Vecina! ¡Cómo se parece a usted!

A la hijastra de la Naturaleza se la cree indigna de un nombre francés o italiano se llamará (nada de Julia, nada de Eduarda, nada de Isolina, nada de Amelia) Anselma, Bonifacia, Cuasimoda o cosa de este jaez.

Los primeros años de la fea están descritos admirablemente por Honorato Balzac en aquellos tipos relegados, encogidos, tímidos, dolientes, víctimas de la doméstica tiranía y juguetes de la cruel hermosura, que figuran en muchas de sus obras...

Y aquí debemos advertir que hay feas de ¡Jesús!, de ¡Jesús, María! y de ¡Jesús, María y José!

Esta última (que es aquella que no tiene nariz, o que la tiene de a tercia, y que es bizca, y jorobada, y coja, y cuyos dientes cuelgan fuera de los labios como los colmillos del elefante) vive libre y exenta de las mortales dudas, de los crueles engaños y de otros sinsabores propios y privativos de la fea perfecta, de la fea por antonomasia. Un monstruo no es mujer. Su desventura causa general compasión, y esto le basta al triste aborto que hemos descrito.

La primera (que, sin ser hermosa, ni tan siquiera pasable, llega a pasar alguna vez, o porque tropieza con un hombre de gusto enrevesado, o porque algún filósofo dispensa lo grotesco del dibujo en gracia de la buena calidad, o buenas cualidades, del género), la fea de ¡Jesús!, digo, no merece tampoco que hablemos de ella.

¡La de ¡Jesús, María!, es la fatal, la predestinada, la elegida del infortunio, la víctima de los dioses!... ¡Otra vez el término medio!

Desgarbada, verde, larga de piernas y brazos, con el cuello de agarrotada, las manos huesosas, la mirada repugnante, aunque impregnada de cierta melancolía, la boca inútil para la risa —meteoro fisonómico que en ella es una atroz descomposición—, sin armonía en las facciones, con la boca algo distante de la nariz, con la nariz demasiado cerca o demasiado lejos de los ojos, con los dientes dislocados, con las orejas un poco grandes... ¡Hela ahí!

Es hábil, ingeniosa; ella sola se ha enseñado a leer, a escribir, a coser, a bordar, a hacer calceta, a picar papel y a fabricar dulces, flores de trapo y otras manufacturas primorosas.

Sabe religión y moral; tiene todo el almanaque en la memoria y el Flos sanctorum en la punta de los dedos; conoce muchos cuentos de vieja y es muy beata.

No hay para qué deciros que todas estas habilidades son nuevas ridiculeces a los ojos de sus hermanos, de sus amigos y de todo el mundo, excepto a los de su madre.

Su madre le tiene un rencoroso amor, una profunda lástima; comprende su situación y adivina su porvenir... La esconde, pues, la protege, y al cabo de cierto tiempo la quiere más que a todos sus hijos... ¿Sabéis por qué? ¡Porque la feroz hermosura no llega nunca a la santa abnegación de la fealdad, y la abnegación de los hijos es la delicia de los padres! Fuera de que ya ha dicho Luis Eguílaz, con muchísima razón, que

Siempre el padre quiere más

Al hijo que vale menos.

Una fea no tiene amor propio. ¡He aquí la fuente de mil virtudes!

Durante su niñez, la sin ventura no cambiaría sus habilidades y su talento por la estúpida belleza de sus hermanas... ¡Aún no sabe lo que le espera! ¡Aún no conoce el amor!...

Así llega a los catorce años.

Y aquí principia el poema del alma; aquí principia la tragedia del corazón; aquí principia el martirio de la fea.

IV

Es de noche.

Estamos en un baile de confianza de cualquier ciudad subalterna; en uno de esos bailes improvisados que empiezan los domingos por la tarde, después de tal o cual procesión religiosa.

Un velón de cuatro mecheros, fabricado en Lucena, alumbra la sala principal de la casa del alcalde. El barbero de éste toca la guitarra en un rincón, y diez o doce señoritas, vestidas con trajes de lana y sin guantes ni prendidos, forman la femenil constelación del sarao. Son hijas de lo mejor, de lo principalito del pueblo. Quince o veinte jóvenes las están bailando hace dos horas. El júbilo es inmenso, la media luz favorable, el vals loco, rápido, juguetón... Ya se atropellan, ya se caen... Las esteras de esparto tienen esta ventaja.

Las madres, sentadas al brasero en un gabinete contiguo, velan hasta cierto punto por la inocencia de sus hijas.

Casi todas las muchachas allí reunidas son agradables; algunas... hasta bonitas.

Hay una de éstas que sobresale entre las demás por su gracia y por su gallardía tanto como por su hermosura. Todos desean bailar con ella... Es una de esas beldades que dondequiera triunfan, avasallan y dominan...

En cambio, hay en un rincón cierta joven que todavía no ha bailado ni una sola vez.

¡Es la fea!

Desde allí acecha, mira, devora.

¿Por qué no la sacan a ella?... ¿Por qué no le dicen aquellas tonterías tan deliciosas que alegran a las demás? ¿Por qué no se sientan los galanes a su lado?

¡Qué bello es aquel joven! ¡Qué grato será ir en sus brazos empujada por la música!

¡Ah! Se acerca a ella... La mira con lástima...

¡Oh, nuevo puñal! ¡La compasión solamente, o una recomendación de la señora de la casa, lo impulsa hacia aquel sitio!...

Ya llega... y, con efecto, la saca a bailar.

Pero ¡cuán levemente coge su talle! ¡Su talle, que tiembla de placer! Apenas toca su mano... ¡Qué frialdad! ¡Está haciendo una obra de misericordia!

Y, sin embargo, ¡ella tiene quince años y encierra más amor en su alma que olas amargas el Océano!

Y, a pesar de esto, ella agradece aquel nuevo insulto. ¡Ella ama a quien la ha compadecido!...

¡Si se atreviera a hablarle!

Pero está distraído... Tal vez fastidiado...

Se acaba el vals. ¡Todos se han reído de ella!

El que fue su pareja huyó sin saludarla.

Ahora todas tienen a su lado un galanteador... un enamorado...

Ella está sola y callada, crispada y lúgubre, como el reo en el banquillo después de la ejecución.

¡Y aquí terminan los placeres de su juventud! Ya no volverá a bailar en toda su vida. Esta vez... ha sido la primera y la última.

V

¡Qué amable, qué política, qué complaciente es una fea!

¡Y qué cruel es el hombre! ¡Ni una palabra, ni una mirada, ni un consuelo para la hijastra de la Naturaleza!

La deja consumirse de amor, de sed, de desesperación... y no le dice:

—¡Generoso corazón, ensánchate! ¡Toma mi alma, que vale menos que la tuya!

Así se pasan los días de la juventud de la fea.

¡Cuántas quimeras habrá forjado en su imaginación!

¡De cuántos hombres se habrá enamorado!

¡Cuántas veces se habrá consentido!

¡Cuántas otras habrá querido morir!

—¡Doquier hay amor, goces, casamientos, hijos!... —habrá exclamado—, loca de dolor. ¡Para mí, nada!

Y luego las novelas... ¡las novelas! Vedla tal vez convertida en poetisa. Pero ¡qué poetisa! Vedla, sí, envenenada, mordaz, perversa, diabólica, esgrimir una pluma y una lengua comparables a dos escorpiones.

¡Venganza! ¡Venganza! ¡Su corazón ha muerto!

¡Infeliz lunar, infeliz defecto, infeliz debilidad, infelices todas las faltas que tenga la hermosura!

La crítica, la murmuración, la calumnia, levantan sus cabezas de serpiente...

He aquí su grito de guerra: «¡Desprecio a los hombres! ¡Guerra al amor!». ¡Desdichada!

«¡Viva la libertad, la independencia, el celibato!»

¡Qué ironía! ¡Sarcasmos sangrientos de un orgullo despedazado!

Pero supongamos que no se ha vuelto poetisa...

Tiene treinta años: ¡treinta siglos de amargura!

A su alrededor todo es luz, ella sombra; todo melodía, ella silencio; todo vida, ella muerte.

¿Cómo no ha de renegar del mundo?

¿Qué le debe, sino dolor?

¡Cuántos ríos de lágrimas habrá derramado la infeliz en la soledad de su lecho!

¡Qué fiebres habrá sofocado en su corazón!

¡Qué horrorosas envidias habrán mordido las túnicas de su cerebro!

¡Qué violencia para disimular!

¡Qué torrentes de amor habrán corrido ocultos en lo más recóndito de su alma!

¡La mujer tiene que callar! El hombre ansía, y busca: la mujer ansía, y sufre...

La hez de la sociedad es a lo menos un refugio para el feo ávido de placeres.

Pero la fea no encuentra postor en Constantinopla, ni lances de amor y fortuna en ninguna parte.

Su única esperanza está en los fríos de la vejez.

...

¡Respiremos!

Ha llegado a los cuarenta años.

La fea ha vuelto a ser un ángel.

Es capaz de los sacrificios más heroicos.

Como no se ama, es todo abnegación.

¡Es la mejor amiga... hasta de las mujeres!

El mejor consuelo de los ancianos...

La mejor confidente de los niños...

¡Y la mejor protectora de los mozos! A la edad que ya tiene, cobra un maternal afecto a los galanes de las muchachas nuevas; se deja llamar fea por ellos, y les ayuda en sus empresas amorosas, con tal que sean lícitas y honestas.

Llora en los duelos de todo el mundo.

Vuelve a amar su talento, y explota sus habilidades de niña para subsistir. ¡Sus padres han muerto! ¡Sus hermanos se han casado!

Se hace querer por su docilidad, por su amable trato, por sus buenas costumbres, por su bondad exquisita.

Se vuelve filósofa, pero filósofa cristiana.

Aspira al cielo, donde no hay feas ni bonitas.

Ama a Dios, porque sabe que para Dios su fealdad es un mérito.

«¡Bienaventurados los que lloran!», dijo el Salvador del mundo.

Visita mucho las iglesias.

Va a misa mayor a la catedral, si hay catedral, y, si no, a la colegiata, y, si tampoco hay colegiata, al templo más concurrido.

Es jugadora.

Casi siempre avara.

Algunas veces maestra de miga... (de amiga dicen los que hablan en toda regla).

Viste muy oscuro.

Cuenta mil aventuras amorosas de su juventud.

Es muy atendida de los clérigos y de las madres de familia.

Va de tertulia a la oración, a casa de las vecinas, y nadie va a su casa.

Da días, y no los recibe.

Envejece sin haber vivido, como otoño sin primavera.

Muere, y nadie la llora.

El Evangelio le promete el cielo.

Guadix, 1853

...DIARIO DE UN MADRILEÑO

I

Sonrisas hipocráticas. Soles de invierno

Día 5 de enero de 1858.

Según mis corresponsales, el Sol (que, como es sabido, se marchó a veranear al Paraguay y al canal de Mozambique poco antes de Ferias) llegó sin novedad el día 21 de diciembre próximo pasado al Trópico de Capricornio, donde ha permanecido algunos días tomando baños de mar.

Esta residencia del Astro-rey en aquel punto es lo que solemos llamar desde aquí solsticio de invierno. Por consiguiente, Su Majestad Solar debe de haber emprendido ya su regreso a nuestro Trópico, al cual no llegará hasta el 21 de junio.

Seguirán entretanto haciendo sus veces en esta villa y corte las pieles, la lana, el carbón de piedra, la leña y las mujeres bonitas; a pesar de cuyo auxilio, Madrid continuará tiritando como un perro del Celeste Imperio, e inspirando serios temores de morir hecho un carámbano.

Afortunadamente, los helados mueren con la sonrisa en la boca. Así es que Madrid, a medida que se va enfriando, ríe a más y mejor, goza y se divierte como nunca, y ni afonías, ni dolores de costado, ni pulmonías, ni pleuresías, ni ataques apopléticos bastan a borrar de sus labios la mencionada hipocrática sonrisa.

Nada, pues, más delicioso (ya veis que hablo en francés puro); nada más higiénico y divertido, en estos crudísimos días de invierno, que dar un par de vueltas a pie por la Fuente Castellana, desde las tres hasta las cuatro de la tarde, y aun por el mismo Prado, de cuatro a cinco —esto último si no es día festivo—, bien abrigadito uno por dentro y por fuera, como suele decirse, sin dejar el cigarro de la boca, a no ser para encender otro; con las manos y el puño del bastón metidos en los bolsillos de un gabán que se le deba a Caracuel, y pensando en la gloria, en el amor y en los indispensables cien millones...

La Fuente Castellana, con su horizonte de lontananzas espléndidas, con su diáfano, vastísimo cielo, con sus fantásticas perspectivas, en que se destacan a lo lejos las torres y las cúpulas de Madrid; con sus áridas cercanías, donde proyectan largas sombras los endebles y desarropados árboles heridos por los rayos horizontales del Sol poniente, no es un paraíso, que digamos, para los que nacieron, v. gr., en la feraz Andalucía; pero tiene —y esto nadie podrá negarlo— no se qué belleza propia de las llanuras, no se qué majestad, no se qué embeleso, no se qué melancolía peculiar del Desierto y del Océano, de las soledades del frío y de las soledades del calor, del Polo y del África, que agrada soberanamente a los hipocondríacos.

¡Dulce es, repito, dar un par de vueltas por este paseo de tres a cuatro de la tarde! La flor de las mujeres de Madrid (que es como si dijéramos la flor de las mujeres de España, dado que toda España nos remite anualmente la flor de sus hermosuras), la flor de las españolas, pues, y, por consiguiente, las mujeres más bellas o más seductoras del mundo, recorren a pie, en coche o a caballo aquellas larguísimas calles arrecifadas. Las damas principales de la corte; las que menos se prodigan; aquellas que los profanos solo alcanzan a ver alguna noche, durante una hora, en el teatro Real; las flores de invernadero; las mortales, en fin, de quienes está uno por creer que hadas misteriosas las sacan del lecho a las dos de la tarde, las bañan, perfuman y visten, y las tienden sobre un sofá o sobre una carretela, donde siguen pensando, en su hermosura... esas reinas de la moda, emperatrices del gusto y diosas del amor, revolotean por allí como brillantes mariposas, y óyese el crujido de sus botas sobre la arena o de su vestido contra vuestro pantalón, y aspirase un fugitivo aroma de violeta, y óyese acaso la codiciada voz y véselas, por último, montar en su carruaje... operación que no ejecutan sin dar al propio tiempo el golpe de gracia a los que las miran...

Me parece que me he explicado.

II

La Semana Santa

Per troppo variar natura è bella —dicen hasta los que no saben el italiano: y es la pura verdad.

El mundo —entendiendo por mundo a los habitantes de la Tierra, y no a todos, sino a esos bípedos implumes que los optimistas han dado en llamar racionales (lo cual, dicho en absoluto, es tan temerario como llamar oro a todo lo que reluce)—, los hombres, digo, lo han comprendido así: esto es, han comprendido que la Naturaleza es bella por lo demasiado varia, y, a fin de no ser menos que su madre, han puesto todo su prurito en dar variedad a la vida civil, a la vida social, o como queráis llamarle a esta vida de perros que llevamos los pueblos civilizados.

En su consecuencia, tenemos (ciñéndonos ahora a lo que pasa en Madrid) que de los doce meses del año no hay dos en que los descendientes del gran cesante llamado Adán distraigamos nuestros ocios de una misma manera.

Enero es el mes de los estrechos, de los aguadores y cocheros que creen en la venida periódica de los Santos Reyes, del cerdo de San Antón, del tarjeteo, de los bailes aristocráticos, de los patinadores, y de la toma de posesión de los concejales nuevos.

Febrero brilla por sus bailes de máscaras, por sus teatros caseros, por su rifa de la Inclusa y por su Carnaval plagado de estudiantinas y de hombres vestidos de mujer.

Marzo, por sus vigilias, su día de San José, sus sermones, sus novenas y sus setenarios.

Abril, por su Semana Santa.

Y no paso adelante, pues que estamos en abril y hoy es domingo de Ramos.

¡Ved! Los mismos carpinteros que ayer improvisaban un tablado sobre las butacas de los Teatros para disponer aquellas mascaradas frenéticas de toda una noche, que terminaban siempre con la consabida galop infernal, arreglan hoy en las Iglesias los Monumentos del Jueves Santo: las mismas damas que diableaban hace un mes en el Teatro Real bajo un antifaz de seda, o mejor dicho, sin el antifaz que usan todo el año, se preparan hoy a pedir limosna para los niños de la Inclusa en las puertas de los templos: los tertulios de sus salones y de sus palcos, o los jinetes que en el Prado suelen acercarse a la portezuela de sus coches, son invitados, no a una soirée, ni a una conferencia matinal en el tocador, ni a un día de campo en Aranjuez, sino a San Luis, a San Antonio de los Portugueses o a Santo Tomás, a que contribuyan con un pedacito de oro a dejar bien puesto el pabellón de las bellas postulantes: los más empedernidos Lovelaces obedecerán el jueves a tan piadosa intimación, después de lo cual se plantarán enfrente de las iglesias a ver entrar y salir a las mujeres, lo mismo a las casadas que a las solteras y a las viudas, pareciéndose en esto a aquel de quien se dijo:

> El señor don Juan de Robres,
> Con caridad sin igual,
> Hizo este santo hospital
> Y también hizo a los pobres.

Item. El paseo público se traslada el jueves a la calle de Carretas, y el viernes a la calle Mayor. Estos días no ruedan sobre los adoquines de la corte más carruajes que las diligencias, las sillas-correos y los carros de la limpieza. Los soldados llevan los fusiles a la funerala, con la culata hacia arriba. En lugar de campanas, suenan carracas en las torres de las iglesias. Los tambores están destemplados... de intento. La bandera nacional, izada a media asta sobre los edificios públicos, pregona el duelo. Todo, pues, ha cambiado de forma, de sitio y de hora; pero la gente es la misma, y mañana no se acordará de la compunción religiosa de hoy como hoy no se acuerda de las calaveradas de ayer.

A los buenos católicos, que aún somos muchos en España, nos ofende este aire frívolo de la Semana Santa de Madrid; pero, en cambio, como buenos patricios que somos también, nos llena de orgullo y de satisfacción el irresistible garbo con que las madrileñas lucen estos días por esas calles de Dios la nunca bien ponderada mantilla española.

¡La mantilla española! ¡He aquí la verdadera heroína de la Semana Santa! Yo admiro y amo el sombrero francés; pero no puedo menos de cantar las excelencias y ventajas de la clásica mantilla, bandera nacional de nuestras mujeres. ¡Y bandera negra, vive Dios... hasta cuando es blanca! ¡Enseña de una guerra sin cuartel! ¡Símbolo de amores a vida o muerte! ¡Bandera tan negra como los odios, como los celos, como las trenzas de pelo regaladas a media noche y los demás enseres del guardarropa de las pasiones meridionales! ¡Bandera tan negra como los ojos de las mantenedoras y como la sangre de los que penan por su querer! ¡Bandera negra que no arrancarán de los hombros de nuestras andaluzas todas las ladys y demoiselles del mapa-mundi! Pido, pues, que se coloque una mantilla nacional en la Basílica de Atocha.

III

El Sábado de Gloria

¡Alleluia! ¡Tiremos los trastos por la ventana!... ¡Llegó la hora de tocar a gloria!

La semana anterior todo era silencio y tristeza... hasta cierto punto: las campanas, los coches, los planos, los organillos, las murgas, todos los ruidos gozosos de la capital habían callado. Los teatros estaban cerrados, las tertulias... ¡perdone usted por Dios! Ni un baile; ni un concierto, ni un alma en el Prado; ni un carruaje en la Castellana. Nada, en fin, daba idea de la gran vida de la corte.

Las noches eran eternas. Los madrileños se aburrían como provincianos. Para ver a las muchachas era necesario hacer lo que en tiempos de Calderón: rondar a la puerta de las iglesias. ¡Y, cual si esto no fuese bastante, el viento silbaba lúgubremente, y la lluvia se divertía, como los pastores de la Arcadia, en hacer correr a las doncellas... con los miriñaques al descubierto! ¡Qué días!

¡Y qué transformación! Las campanas estremecen el aire, y los coches se estremecen sobre el escabroso piso de la gran capital!...

Los carteleros vuelven a empapelar las esquinas con anuncios de teatro...

Los que por la mañana salen a negocios, oyen nuevamente las interrumpidas lecciones de canto y piano que dan entre el chocolate y el almuerzo las hijas de los que tienen dinero, o las huérfanas de los que se lo dejaron; y el transeúnte, si es demasiado soltero, al escuchar un aria mal cantada o peor tocada, adivina, allende la vidriera (que alguna fámula limpia tarareando el malagueño), a la señorita de la casa, despeinada, mal envuelta en una bata y un mantón, fluctuando entre los recuerdos de la pasada noche y los planes de las batallas que piensa dar a la tarde en el Prado, o después en el teatro... Y el hombre de negocios sigue su camino entre un aluvión de cocineras, que vuelven de la plaza con las provisiones vedadas desde el Miércoles Santo; pues ya va a sonar en las cocinas la hora de la resurrección de la carne... ¡lo cual sienten muchísimo los que gustan más del pescado!

Las recién llegadas golondrinas hienden el aire, rozando a veces los adoquines con sus alas, en tanto que las filas y las rosas abren sus perfumerías
en los jardines públicos y privados...

Los tenderos, los sastres y las modistas exhiben sus géneros primave-
rales. Apáganse las chimeneas y las estufas. Desaparecen las copas y los
braseros. Y los manguitos, las capas y los abrigos de todas clases quedan en
situación de reemplazo hasta el año próximo, no sin espolvorear antes sobre
ellos alcanfor y pimienta quebrantada...

Los balcones empiezan a verdear. Las jaulas de pájaros permanecen en
ellos toda la noche, lo que produce deliciosos conciertos callejeros por las
madrugadas. En las plazas poco transitadas nace alguna yerba entre el em-
pedrado, y en el corazón de los que ya no tienen corazón se despierta no sé
qué hambre de amor y de vida, de gloria y de felicidad que hace dificultosa
la respiración y largas las horas del anochecer...

Los cementerios merecen también las atenciones de Flora, y se ponen
tan lindos y perfumados estos días, que es un gusto pasarse allí la siesta
leyendo novelas de amores o pensando en los medios de llegar a ser excelentísimo señor...

¡Oh... sí! En todo se advierte que la naturaleza ha tocado también a gloria.
En la Carrera de San Jerónimo sacuden las alfombras del Congreso, próximo
ya a reanudar sus tareas. Las reuniones literarias, tan de moda este año,
vuelven a sus honestos recreos... y dentro de pocas semanas se prolongarán
las sesiones del Prado hasta las once de la noche...

¡Allí están ya las sillas, testigos de tantos dúos en mí mayor, esperando
nuevas veladas cariñosas en que se desenlacen los dramas sentimentales
del pasado invierno!...

¡Oh Dios! ¡Todos los años lo mismo! y, sin embargo, ningún año nos perdona los consabidos doce meses de existencia. Está visto: esos pequeñuelos que juegan por las tardes en el parterre del Retiro, en la Fuente de Apolo
y en la Plaza de Oriente, acabarán por quitarnos nuestros papeles de galanes jóvenes, relegándonos al de barbas.

IV

La nueva primavera

Vuelvo a mi canción de siempre.

No hay bien ni mal que cien años dure; y en consecuencia de esto, nuestro insigne Quintana ha bajado al sepulcro a los ochenta y cinco años de haber nacido. Hanle enterrado, y pax Christi.

España es un templo que se hunde. Hoy sopló el viento un poco fuerte, y ha venido a tierra un arco, una torre, una columna... lo que quiera que haya sido Quintana. Los periódicos religiosos han cogido el derrumbado fragmento, y han apedreado con él a los liberales.

El siglo que viene, tal día como hoy, serán otros los soberanos de Europa, y se habrán vuelto feas, ¡muy feas!, todas las muchachas bonitas que hoy nos embelesan en paseos y teatros. Pero yo siento más que nada no haber de conocer las óperas nuevas que se cantarán en la temporada cómica de 1958 a 1959. ¡Qué buenos coliseos habrá entonces! ¡Qué buenas compañías! ¿Cómo diablos se llamará la prima donna? ¡Ay! Ni aun viviendo tanto como Quintana conseguiré saberlo. Lo más que yo podré vivir es hasta 1908.

Pero (hablando de otra cosa) sean ustedes francos, señores empresarios del teatro nuevo: ¿creen ustedes que en el siglo que viene, por ahora, habrán engendrado ya las zarzuelas la ópera nacional?

—¡Qué nos importa! —dirán ustedes—. ¡Nosotros ya habremos muerto!

—¡Ah! ¡Ya! Ustedes son como esos forasteros que van vendiendo por los cortijos filtros y brebajes que han de producir su efecto a los tres días... El Dulcamara toma las de Villadiego con anticipación... y a los tres días no hay quien encuentre una ópera española para un remedio.

La muerte de Quintana ha coincidido con la llegada de la Primavera. Dícese que esta joven viene de la zona templada meridional, donde ha residido durante nuestro otoño del año último. Llega tan hermosa y rozagante como si el tiempo no pasase por ella.

Aconsejo al señor Urríes que la ajuste en el Teatro Real, para bailar la parte de la Primavera en las Vísperas Sicilianas, pues la demoiselle que hoy quiere pasar por Flora no nos convence a los señores abonados.

V

El verano en Madrid. Recuerdos del invierno y de otros veranos.
Viernes 23 de julio.

Hoy ha principiado la Canícula, lo cual equivale a decir que un perro rabioso es desde hoy, mitológicamente hablando, Gobernador de los cielos. ¡Bien se conoce en esta pobre tierra!

El verano en Madrid es horrible, desconsolador, bochornoso en el doble sentido de la palabra.

Yo concibo el invierno en esta capital de la Mancha. Nada me importan las pulmonías, ni los demás inconvenientes de la inclemencia del vecino Guadarrama. Abrígase uno lo mejor que puede; permanece en la cama arropadito hasta que se pone el Sol, esto es, hasta las tres de la tarde; envuélvese en la capa o abotónase el gabán, y échase a la calle en busca de pajaritas de las nieves...

(Así llamo yo a todas las madrileñas, a causa del valor impertérrito con que arrostran los cuatro y los seis grados bajo cero, con tal de lucir en el Prado o en el Retiro una capota nueva o un manguito recién llegado de París, cuando no las botas y hasta las medias.)

A las cinco sube uno por la calle de Alcalá soplándose las puntas de los dedos, en busca del café, del Casino o de la sala de Conferencias del Congreso, donde le aguarda una compacta concurrencia que pregunta a cada instante: ¿Qué hay?

Y hay mucho. Hay el baile que se espera, la cena de la noche anterior en el baile de máscaras, las intrigas amorosas que allí sorprendieron los desocupados, lo que ha pasado entre bastidores en las Cortes, la ópera nueva, la claque y la contraclaque, Fulano que ha llegado (porque en este tiempo todos llegan, ninguno se va), lo que le pasa a Zutano, el desafío en ciernes, el libro que acaba de publicarse, la reunión literaria a que se asistió, la tertulia de la marquesa, las ostras que recibió Farrugia, la bailarina que va a debutar, la quiebra de tal banquero, la boda proyectada, el suicidio de vuestro amigo, la mozuela de moda, los anuncios de guerra europea, la joven que se escapó con su amante, el caudal que Perengano ha dejado al morirse, el periódico que dice esto, la proclama que añade lo otro, la Gaceta que se calla, el diputado que anuncia: ¡Verán ustedes mañana!... el literato que recita su última sátira contra las instituciones... ¡Oh! Es una vida magnífica... vida febril, artificial, necia si queréis; pero que mata las horas, ocupa la imaginación y distrae el hambre canina del espíritu más soñador y melancólico.

A las ocho la fonda; a las nueve el teatro; a las doce la tertulia, el té, la buena conversación en torno de la chimenea; a las dos el tte a tte con la dueña de la casa en que tenéis el privilegio de quedaros rezagado; a las tres la última vuelta por el Casino, el chocolate final, salpimentado con la noticia fresca, con lo que mañana no traerán aún los periódicos, con lo que se acaba de ver u oír en Palacio, en el Ministerio o en el baile de la embajada; y, en fin, a las cuatro a casa, a leer La Época, a escribir dos o tres cartas y a dormir el dulcísimo sueño del invierno.

Repito que concibo esta vida en Madrid. Pero ¡la vida del verano! ¡No volveré a pasar otro bajo la tutela de San Isidro, mientras no traigan el Lozoya!

¡Qué calor! ¡Qué polvo! ¡Qué fetidez! ¡Ni un árbol, ni una flor, ni un chorro de agua, ni un pájaro, ni la sombra de una peña... nada que solace los sentidos! Los teatros, cerrados o convertidos en baños rusos, llenos de pretendientes y dando las funciones sobrantes de la temporada; los cafés... desanimadísimos; como que se va a ellos a refrescar y a descansar, no a agitarse y divertirse; las tertulias... suspensas; el gobierno, aletargado; las mujeres de primera fuerza, en Biarritz; las personas que más se aman y se necesitan, hablándose a tres pasos de distancia, a fin de no derretirse mutuamente; el Prado, hirviendo en un gentío que se queja del mal día que ha pasado y busca en un paseo de trescientos metros frescura y expansión para diez mil pulmones; el tabaco, que reseca; el vino, que estraga, la comida, que sienta mal, el amor, que está vedado en los meses sin r, la cama, que brinda con una vigilia espantosa; y no más baños que el río Manzanares o un pilón del tamaño de un ataúd!... Tal es el cuadro del estío madrileño. ¡Oh, qué diferencia entre este verano y el verano que yo pudiera pasar, si no fuera por lo que no es!

Cuando esta noche, sentado en el Prado, esperaba la llegada de una brisa respirable, levanté los ojos al cielo, y, al verlo cuajado de estrellas, recordé las noches pasadas en el campo, bajo los árboles, sin otra luz que la de la Luna, al lado de personas queridas, oyendo el rumor melancólico del agua y respirando un ambiente cargado de esencias de tomillo y de romero.

—¡Felices —dije— los que están así en este momento, descansando de la campaña del invierno pasado y disponiéndose para la del invierno futuro!

Creí entonces oír dulces y apacibles pláticas, cantos divinos, aprendidos de labios de la Gazzaniga o de la Didié desde la butaca de un teatro, y regalados suspiros de amor, nuncios de matrimonios venideros...

Luego se trasladó mi imaginación a la orilla del mar... y allí estaba también la Luna, rielando en las soñolientas olas, que murmuraban bendiciones bajo las caricias del cielo. Allí mis amigos, mis contertulios, mis madrileñas del alma, se aprestaban a entrar en ligero bote para dar un paseo veneciano. Y oí la barcarola improvisada, y el golpe de los remos, y el canto lejano del pescador, y el alerta de los centinelas tendidos por el muelle, y el pito del carabinero de mar, que corría por la costa, creyéndonos contrabandistas...

O bien me imaginé el baile improvisado en una Casa de Baños, donde todos se desconocen, donde brotan tan súbitas y ardientes las simpatías; donde cada cual es distinguido por su buena educación, por su gracia, por su figura, por su caridad, por su elegancia, por todo menos por su nombre.

Si pensaba en Andalucía, oía la patética rondeña y la tristísima caña, que con sus interminables cadencias traen a la imaginación los páramos infinitos de los desiertos de África. Si en Aragón o Valencia, creía escuchar la bulliciosa jota, enérgica, brusca y apasionada, como aquellos pueblos indómitos, tan ufanos y amantes de su clásica tierra. Si en Galicia o las provincias Vascongadas, escuché aquella inefable melodía de todas las razas montañesas, triste y alegre como la alborada después de la tempestad; melodía que llora y ríe a un mismo tiempo, y que es igual en Cantabria que en Suiza, en el Cáucaso que en los Drofines.

Tal soñé por dos cuartos que me costó sentarme en una silla desvencijada del Ayuntamiento. Alamedas, campiñas, bosques, ríos, lagos, estanques, parras pomposas y aristocráticos lechos de jazmines, todo pasó ante mi vista en variada confusión, mientras que los chicos y las mujeres gritaban en torno mío: ¡Agua, merengues y azucarillos, agua! ¡Fósforos y cerillas!

VI

Más delicias de Madrid. Un paseo matinal.
Sábado 24 de julio.
Esta mañana me levanté a las seis.

El Sol, que había madrugado mucho más que yo, llevaba ya hora y cuarto de trabajar en su oficina.

Hallé, pues, la tierra perfectamente caldeada, sin que esto sea decir que se hubiese enfriado durante la noche anterior.

Fui al Retiro en busca de frescura; pero aquellos raquíticos árboles no llegaron a darme sombra. Me acerqué al estanque para recrear mis calcinados ojos con la contemplación del agua, y el olor a peces muertos me hizo retroceder más que a prisa.

—¡Basta por hoy de placeres del campo! —me dije.

Y tomé el camino de mi casa.

Como era tan temprano, los barrenderos estaban haciendo de las suyas en las calles y plazas de la capital. En cambio, de trecho en trecho, había sobre la acera un charco de agua infecta o de otra cosa peor.

Era, cuando menos, que algún honrado vecino, para cumplir con la orden del Ayuntamiento, que manda regar las calles dos veces al día por cabeza, había vaciado allí una aljofaina de espuma de jabón, después de hacer las abluciones matinales.

Las burras de la leche, que siempre me recuerdan el cuadro de la Caridad romana, volvían al hogar doméstico, después de haber restaurado pulmones y bronquios en los cuatro ángulos de la villa de Felipe II (suponiendo que esta villa tenga la forma cuadrangular).

Montañesas, gallegas, asturianas y demás variedades del bello sexo macizo, conferenciaban sobre economía culinaria en las avenidas de los mercados.

Derribaba, en fin, por su parte, casas viejas el gremio de albañiles, sin consideración a la hora ni a las circunstancias de las calles, poblando la atmósfera de nubes de polvo, portadoras a veces de granizos de un tamaño más que regular.

Agréguense dos o tres mil coches de alquiler que ya estaban en movimiento; las tiendas nómadas establecidas al paso del transeúnte; los carros de yeso y de ladrillo, andando como dicen que andan las tortugas; los treinta grados de calor que ya marcaba el termómetro a la sombra; los relojes, dando cada uno la hora que se le antojaba; el ruido de los talleres; las tropas que, a lo mejor, se atravesaban en la embocadura de una calle, obligándole a uno a presenciar el desfile... y se formará idea de las delicias de un amanecer de la corte, de una mañanita de verano de esas que cantan los poetas sentimentales, de lo que es, por último, la hora más soportable de las quince que permanece ahora el Sol en nuestro horizonte.

VII

Caracteres de un domingo. Sobre los marianos. La vida en abreviatura. Domingo 25 de julio.

Esta mañana abrí el Calendario de Castilla la Nueva, y leí estas palabras:

«25 de julio.

»Domingo IX.

»Santiago, apóstol, patrón de España, y San Cristóbal, mártir.

»Sale el Sol a las 4 y 50 minutos. Se pone a las 7 y 22.

»Luna llena a las 11 y 48 minutos de la noche en Acuario. Truenos.»

Todo ha resultado cierto. El programa del almanaquero se ha cumplido en todas sus partes.

Ha sido 25 de julio. De esto no tengo duda, a fuer de partidario de la Corrección gregoriana. Los rusos, los griegos, los musulmanes, los chinos, los israelitas y muchos otros pueblos llevan la cuenta de diferente modo... pero el resultado es el mismo. Si julio siguiera siendo todavía el quinto mes del año, como lo era en la antigua Roma, no por eso tendríamos hoy dos meses menos de existencia. Y si los hombres decidieran que este año fuera de cuarenta mil días, los niños que nacieron ayer estarían canos, calvos y sin dientes antes de fin de año.

Tampoco tengo duda de que hoy ha sido domingo.

Voy a dar mis razones.

Los mercaderes del cuarto bajo de mi casa cerraron la tienda a la una de la tarde. En seguida los vi dirigirse, hechos unos brazos de mar, a casa de sus novias o archi novias... con hambre de una semana. Después me los encontré en el Prado fumando magníficos coraceros. Luego irían a tomarse su par de sorbetes al café del Iris, y acaso, acaso, se atreverían a dar una vuelta por el Circo... a fuer de amantes de la Ópera española.

¡Oh buenas gentes! ¡Cómo envidio su metódica existencia! ¡Qué felices han sido hoy durante esas diez horas de asueto! En cuanto a mí, los criados me dijeron bon jour a las tres de la tarde, en uso de su derecho: mi sobrinillo vino a pedirme el medio duro semanal: por la mañana estuve en misa, y a la tarde a comer con doña Torcuata: todo lo cual, unido a que los jornaleros se han puesto hoy camisa limpia, me demuestra que el almanaque no se ha equivocado por esta vez.

También ha sido domingo IX. Esto quiere decir que van nueve Dominicas después de Pentecostés, y que faltan diecisiete para el domingo I de Adviento, que significa domingo I próximo a la venida del Mesías. Después hay cuatro domingos que llevan esta denominación... ¡y año fuera!

¡Como quier que se tome, el tiempo anda lo mismo! Sin embargo, el Cómputo Eclesiástico me parece más bello y consolador que ningún otro. Hay en sus periódicas fiestas algo parecido a lo que dije de las periódicas dichas de los mercaderes. Las costumbres. son la vida del hombre y de la sociedad: sin ellas, el mundo se viene abajo.

Por lo que respecta a ser día de Santiago, patrón de España, y de San Cristóbal, mártir, me habían convencido de ello dos circunstancias: primera, la verbena de anoche: segunda, el aguador, que se presentó muy tarde, más cargado de vino que de agua, diciendo que hoy era su día. ¡Y no acabó de decir esto el buen Cristóbal, cuando se le cayó la cuba que llevaba a cuestas; lo cual me pareció indigno de su nombre!

Que el Sol salió y se puso a las horas precitadas... ¡lo creo! ¡Así no hubiera salido!

Y, en fin, lo del plenilunio, yo mismo lo estoy viendo mientras escribo.

Y ¡qué hermoso está el astro del amor!... ¡Quiera Dios que no olvide su compromiso con Acuario, de regalarnos una buena tormenta!

Lunes 26.

Santa Ana, madre de Nuestra señora.

Indudablemente ha sido lunes, pues que no he recibido esta mañana más periódicos que la Gaceta y el Diario.

Por ser día de Santa Ana, he meditado largamente en un asunto que trae dividida la opinión en estos Reinos. Hay provincias de España en que los Marianos celebran hoy sus días, y hay otras en que los celebran el día del Dulce Nombre de Nuestra Señora.

Esto es un mal, ya que no desde el punto de vista artístico y poético, desde el punto de vista administrativo. Mientras no haya uniformidad en las costumbres del pueblo español, los gobiernos trabajarán inútilmente por hacerlo rico y poderoso.

Dígolo, porque la misma diversidad de miras e intereses que hay en punto a Marianos, nótase en otras muchas cosas, siquiera sean menos importantes. El vasco conserva sus fueros. Andalucía necesita el librecambio, mientras que Cataluña lo rechaza. En Valencia no se habla el castellano, ni en el Principado, ni en las Provincias Vascongadas, ni en Galicia. Madrid está infestado de escépticos, en tanto que Aragón y otros reinos hierven en fanáticos. Nuestras provincias septentrionales claman por descentralización administrativa, y la merecen; mientras que los meridionales no tendrían ni agua que beber si no fuera por la centralización. En un lado llevan los españoles zaragüelles, en otro calzón bombacho, aquí pañuelo en la cabeza, allá sombrero de catite...

¡Así no se regularizarán nunca la industria y el comercio! Los Congresos serán siempre de mil colores, y no acertarán a entenderse; pues cada diputado hablará el dialecto de su provincia, y querrá las leyes a medida de sus costumbres; en lo cual tendrá muchísima razón.

Lo propio digo de las horas de comer. Hácese necesario que todos los madrileños comamos a una misma hora, si no se quiere que el hombre activo (suponiendo que haya alguno en España) que tenga que ver a veinticuatro españoles a diferentes horas (a este a las doce, a aquel a las dos, a uno a las cuatro, a otro a las nueve), los encuentre a todos con la boca llena.

Y si no, reflexionemos:

A la una de la madrugada cena, de vuelta del teatro, el que comió a las seis de la tarde.

A las dos, tómase en los cafés chocolate a última hora. Esta es la frase.

A las tres, están llenas de gastrónomos y gentes de buen humor todas las fondas llamadas colmados, andaluces y montañeses.

A las cuatro, cenan los jugadores del Casino.

A las cinco, están las buñolerías atestadas de trasnochadores.

A las seis, toma chocolate todo el que madruga.

A las siete, echan el aguardiente las cocineras que van a la compra.

A las ocho, almuerzan los españoles rancios, el clero y los que han cazado por la mañanita con la fresca.

A las nueve, los chicos que van a la escuela y a los colegios, muchos abogados y procuradores y todos los que comen a las tres.

A las diez, los que comen a las cuatro.

A las once, los que comen a las cinco.

A las doce, los que comen a las seis y bajan al Prado a las siete.

A la una de la tarde, los que comen a las siete después de haber echado una siesta.

A las dos, los que comen a las ocho, que son muchos, principiando por mi persona.

Pues volvamos la oración por pasiva.

A las tres, comen los que almorzaron a las nueve.

A las cuatro, los que almorzaron a las diez.

A las cinco, los que almorzaron a las once.

A las seis, los que han de cenar a las doce.

A las siete, los que cenarán a la una.

A las ocho, comen los que almorzaron a las dos, meriendan los que comieron a las tres y cenan los que comieron a la una.

A las nueve, se come y se cena.

A las diez, cenan los que comieron a las cuatro.

A las once, todos los que piensan madrugar.

Y a las doce, se sirve el té con pastas en la mayor parte de las casas montadas a la moderna.

¡Tal es la anarquía que reina en la villa y corte!

Lo repito: la nacionalidad española no existe todavía, ni puede existir si no se remedian estos males. Desde Isabel la Católica hasta el presente, no se ha dado ningún paso en pro de la unidad nacional. Cuando todos los Marianos reciban felicitaciones el 26 de julio, tendremos mucho adelantado para conquistar a Gibraltar, unirnos con Portugal, absorber la república de Andorra, civilizar el imperio marroquí y castigar a los que rondan la Isla de Cuba. En tanto no llega ese dichoso día de Santa Ana, nuestras Españas y nuestras Indias serán lo que hasta aquí: dieciséis millones de caballeros particulares que toman el Sol o el fresco, pensando en qué es peor: si el himno de Riego, o el programa de Bravo Murillo. Ahora: como poeta y como artista (ya lo he indicado), alégrome en el alma de que el tiránico nivel del siglo XIX no haya pasado todavía sobre la pintoresca variedad de nuestras provincias.

Dije ayer que la Luna había entrado en Acuario y que el almanaque anunciaba truenos. La profecía se ha cumplido admirablemente. ¡Loor a nuestros astrónomos! Esta tarde hemos tenido una magnífica tormenta con aguacero, truenos y rayos.

Uno de éstos ha caído sobre la iglesia de San Cayetano, incendiando toda la cúpula... ¡El demonio son los rayos del cielo!

Martes 27.

Tomé chocolate, me levanté, me lavé, medio me vestí, leí los periódicos, escribí dos cartas, almorcé, acabé de vestirme, fui a casa de Antonio, disputé sobre geología, comí, di un paseo, fui al café, tomé un sorbete, entré en casa de la Baronesa, me dio té, vine acá, me senté al balcón al fresco, y ahora voy a acostarme.

Ya dijo Iriarte:

> Levántome a las mil, como quien soy,
> Me lavo. Que me vengan a afeitar.
> Traigan el chocolate; y a peinar.
> Un libro... Ya leí... Basta por hoy.
> Si me buscan que digan que no estoy...
> Polvos... Venga el vestido verdemar...
> ¿Si estará ya la misa en el altar?
> ¿Han puesto la berlina?... Pues me voy.
> Hice ya tres visitas: a comer...
> Traigan barajas: ya jugué. Perdí,
> Pongan el tiro. Al campo; y a correr...
> Ya Doña Eulalia esperará por mí...
> Dio la una. A cenar y a recoger.
> ¿Y es esto un racional?... Dicen que sí.

—¡Ah! ¿Qué es la vida? —me preguntaba hace poco contemplando la eterna Luna—. Y en verdad que no he sabido responderme.

Heme con un día menos... ¿En qué lo he pasado? ¡Vive Dios que me avergüenzo cuando lo medito!

¡Y si pienso en que esto es ser feliz, en que ocho mil días como el de hoy constituyen todo mi tesoro; en que la majestad del hombre se reduce a tan mezquinas tareas; en que el porvenir es una multiplicación de vanidades que desprecio, de placeres que ya conozco y de dolores mayores que los que he sufrido!...

Decididamente, yo necesito tener un hijo, escribir un libro y plantar un árbol.

VIII

Locomoción

Viernes 6 de agosto, al amanecer.

Son las cuatro de la mañana.

De hoy no pasa sin que me marche

Pero ¿adónde?

Esto es lo que no sé todavía.

Tengo hecho el equipaje, la carta de vecindad en el bolsillo, la bolsa de viaje pendiente del cuello, el dinero... donde yo me sé, las pistolas en la faltriquera, un guante puesto y el otro quitado, el libro de memorias debajo del brazo izquierdo, el mapa de Europa en la mano derecha, cuartos para los pobres en el bolsillo del pantalón, cartas de recomendación... no las quiero ni las necesito, provisiones de boca en un cesto muy grande, pasaporte para el extranjero en la cartera, espolines en su estuche y agujeros para ellos en las botas. Nada me falta: puedo marchar inmediatamente...

Pero ¿adónde? (vuelvo a preguntarme). ¿Cómo? ¿En qué forma? ¿Hasta cuándo? ¿Para qué?

Pláceme mucho hacer cosas nuevas; de modo que, por mi gusto, este viaje que emprendo en busca de árboles, de frescura y de agua en que meter el cuerpo, lo llevaría a cabo si pudiera de un modo raro y extraordinario.

Recapitulemos a ver si doy con algo original.

Yo he viajado ya en barco de vela, en barco de vapor, y en barco de remo...

Por consiguiente, no es cosa de embarcarme en el Canal de Manzanares.

También he viajado en ferrocarril,

en diligencia,

en posta,

en coche particular... ajeno,

a caballo,

en galera,

en calesa,

en carro de bueyes,

en mula

y en asno.

(De todo lo cual me alegro mucho, yo el editor del Diario de un Madrileño, porque escribiendo así en parrafitos tan cortos, cunden mucho los artículos literarios.)

He patinado y andado en trineo.

He sido llevado a cuestas para pasar algunos ríos.

Me han conducido en brazos, primero mis once nodrizas, y en cierta ocasión las masas populares.

He bajado a varias minas colgado de una cuerda.

He trepado por escalas de nudos.

He andado sobre zancos de madera.

Me he arrastrado como una serpiente por cañerías morunas buscando tesoros.

He andado a cuatro pies por los tejados.

He cabalgado cuando niño en carneros merinos, perros de Terranova y cerdos en pelo, es decir, cerdos en cerda.

También he nadado, lo que me gusta más que andar.

Porque se me olvidaba decir que he andado.

He volado en sueños.

Me he mecido a mi sabor en campestres columpios, recibiendo el impulso de manos hermosísimas.

He dado vueltas en el tío Vivo.

He resbalado voluntariamente de espaldas apoyado en un bastón con punta de hierro desde heladas cumbres a nevados valles.

He rodado sin querer como una pelota por la ladera de cierto abismo.

Me he arrojado desde una montaña rusa.

He botado con b, pues con v no he podido (tal estaban las listas electorales...) he botado, digo, siendo presa de una convulsión que suele visitarme.

He caído de pies de una respetable altura.

He saltado más de cuatro arroyos.

Y he hecho la belica.

Hasta aquí lo que conozco.

Veamos ahora lo que no conozco.

No he viajado en globo aerostático.

Ni en ataúd.

Pero tengo esperanzas de viajar de una y otra manera, porque yo soy de los que saben que han de morirse y de los que creen y esperan que se dará dirección a los globos.

Tampoco he caminado sobre la joroba de un camello, como los árabes.

Ni sobre el lomo de un elefante, como los indios.

Ni en litera, como las damas del siglo XVI.

Tampoco he sido llevado todavía en andas.

Y digo todavía, no porque entre en mis proyectos ir a la China (sobre todo desde que ya va todo el que quiere, gracias a los cañones de Inglaterra y Francia), sino porque puedo llegar a ser Santo y salir en procesión —que Santos hubo, o, por mejor decir, hay en el almanaque que a mi edad eran mucho más malos que yo, como pueden atestiguar San Agustín, San Pablo, San Francisco de Borja y otros.

Tampoco me han paseado en la punta de una pica como a la Princesa de Lamballe; pero todo me lo temo... y eso que no soy príncipe todavía...

(De este todavía digo lo mismo que del anterior.)

¿De cuál de estas maneras emprenderé mi viaje?

De ninguna.

Recurramos, pues, a lo ya conocido.

Me marcho en diligencia.

El dónde no lo sé, pero ello dirá. Por lo pronto me dirijo al Norte, cosa muy natural en quien busca fresco. Mañana a estas horas estaré en Valladolid.

No siento pena por lo que dejo en la corte. Tengo la seguridad de que yéndome no me privo absolutamente de nada agradable. De aquí al otoño, que pienso volver, todo seguirá como se encuentra hoy dormido, asfixiado, muerto y enterrado en polvo por añadidura.

¡Dios mío, que me salgan ladrones, que volquemos, que encuentre alguna compañera de viaje muy bonita; que pasemos hambres y tormentas! ¡Emociones, Dios mío, emociones a toda costa!

¡Con que esto es hecho! ¡Adiós, Madrid! Te dejo ensayando zarzuelas y discursos parlamentarios; disponiéndote a levantar la Puerta del Sol y a reunir un nuevo Congreso de diputados; esperando la del cielo, esto es, agua llovediza que temple el rigor de tu caliginoso ambiente, y confiando en la venida del Lozoya y de una buena Compañía de ópera italiana. ¡Que Dios escuche tus votos!

¡Adiós, noches del Prado, tardes de la Fuente Castellana, mañanas del Retiro! ¡Adiós, Sol de la Mancha, Luna de julio, horchata de chufas, pretendientes que concurrís a los cafés, bailes del Tivoli, baños del ex Manzanares! ¡Hasta las Ferias, si el tiempo lo permite!

Pero no creo haberme despedido lo bastante de la Puerta del Sol, y retrocedo sobre mis pasos para decirle:

—¡Adiós, nueva Palmira; fruto precioso de la revolución de julio; cascajal perdurable; Proteo geográfico, tan pronto laguna como pantano, hoy montaña si ayer derrumbadero; Maelstrom de los coches; digno atrio del Ministerio de la Gobernación de España; moderna Troya, en cuyo centro mueren los ministros demasiado arrogantes; barricada eterna, en que los menestrales acechan a los ministriles; manzana, no de casas, sino de la discordia entre académicos, ingenieros y capitalistas; Puerta Otomana, que has dado margen a todo una guerra, que empezó por donde concluyó la de Oriente (por la demolición de algunos edificios), y terminará Dios sabe cómo! ¡Adiós! ¡Quieran los cielos que, cuando yo vuelva te hayas convertido en un lago como Pentápolis!

IX

El otoño en la corte

(Carta que el «Madrileño» recibió, o más bien supuso haber recibido estando en el campo.)

¡No nos escribas más cartas acerca de los valles y montañas de Santander! ¿Qué pueden interesar ya a los suscriptores de La Época las delicias del campo, ni los baños de Ontaneda, ni los de mar, ni los saltos de los pasiegos, ni las apuestas de los barreneros de esas minas, ni las proezas de los tiradores de barra, ni los triunfos de los jugadores de bolos, si el verano puede darse por concluido, si pasado mañana principia el otoño, si nadie piensa ya en los placeres de la Naturaleza, si todos suspiran ya por los placeres del arte, si no hay quien desee salir de Madrid; si, por el contrario, los que salieron están preparándose a volver, y tú mismo comienzas a aburrirte y a echar de menos la vida de la sociedad.

¡Vente, pues, mi querido amigo! ¡Vente a este mare-magnum, que ya principia a encrespar sus olas! ¡Ven, que ya amanece el año madrileño de 1859! ¡Ven, y lánzate a este torbellino de ambiciones, de novedades, de espectáculos, de peligros, de grandezas, de miserias y de locuras, fuera del cual no podemos vivir un año entero los que ya lo conocemos a fondo! Y es que Madrid se parece a esas coquetas encantadoras que despreciamos tanto como las apetecemos, y que abandonamos para siempre todas las noches, sin perjuicio de volver a buscarlas todos los días.

A la hora en que te escribo, ya se empiezan a hacer los preparativos de la feria, y da gusto andar por el paseo de Atocha entre pilas enormes de exquisitas frutas.

Me dirás a esto que tú las tienes ahí más exquisitas, y colgadas de los árboles como su madre las parió, y yo te replicaré que aquí las frutas sirven de fondo a un cuadro animadísimo de muchachas como es preciso... ya que no muy comm'il faut; pero muchachas, al fin, muy bonitas y elegantes, entre las que figuran A... E... I... O... U... y otras varias y diversas, que ya han regresado de Chamberí, el Molar, Carabanchel y demás residencias veraniegas... de tercera clase.

¡Oh! ¡Sí! Las diligencias y los correos vienen atestados hasta los topes, es decir, hasta los cupés...

El Prado se puebla de emigrados que ostentan las últimas modas de París, Londres y Viena...

Los teatros ensayan...

Los conciertos preludian...

103

En las horchaterías se venden esteras de esparto...

Sacúdense y tiéndense algunas alfombras...

¡La resurrección, la rehabilitación, la restauración cortesana es ya un hecho consumado!

El uno llega con los bolsillos llenos del oro que ganó en el garito europeo llamado Baden-Baden.

El otro nos trae noticias de los hombres de orden que gimen en un ostracismo espontáneo, allá en las tristes márgenes del Sena...

Quién ha hecho acopio de salud que derrochar;

Quién de dinero, arrancado a su patriarcal familia;

Quién de libros, para emprender otro año universitario;

Quién de novias, en el primer grado del amor, ganadas a punta de lanza en el Cabañal de Valencia o en las orillas del lago de Enghien; en los Pirineos o en Andalucía.

Don G... tiene en cartera un drama, que piensa hacer representar.

Don H... trae una máquina para aprender el idioma chino sin necesidad de maestro.

Don J... un discurso contra la Situación, que ya le quita el sueño a los siete ministros.

Don X... hace gárgaras, preparándose a contestar a D. M.

Los cantantes del Teatro Real asoman por Chamberí vestidos de invierno, a fin de no constiparse hasta que les convenga.

En fin; los templos de la gloria, del amor, del dinero y del poder entreabren ya sus puertas; la cucaña de la dicha se levanta otra vez en medio de la corte, y cien mil combatientes esperan la señal del asalto. ¡Ven a las filas! La inteligencia, la hermosura, la intriga, el valor, los billetes de Banco y hasta la honradez son las armas del combate... Acude, corre, vuela; elige tu sitio; esgrime el arma que debas al cielo; cierra los ojos y baja la cabeza; envuelve tu corazón en un frac, como en una mortaja, y ¡adelante!... que, según dijo un sprit fort de la antigüedad: Vitae summa brevis spem nos vetat inchoare longam.

X

La apertura del Teatro Real

El mundo madrileño se constituyó al fin la noche del sábado pasado. Estamos en pleno 1859, aunque todavía no haya terminado el 1858.

Tanto correr por esos caminos, los billetes del correo y de la diligencia tomados con anticipación, la confluencia espantosa de viajeros que vio Madrid a fines de septiembre, la actividad que se notaba en el comercio y en casa de los sastres y modistas, los encargos hechos por telégrafo, las mil disputas en las aduanas, aquel afán porque todo estuviese concluido y por hallarse todos presentes en la corte para un día fijo, para un día dado, para el l.º de octubre, no significaba otra cosa (puerilidad parece, pero apelamos a la conciencia de cada uno) sino que en ese día se inauguraba la temporada del Teatro Real.

Y, pues el Teatro Real abrió ya sus puertas, dicho se está que ha principiado un nuevo año madrileño.

Esto que digo no es opinión exclusivamente mía, sino proverbio ya, que corre de boca en boca: «Hasta que se abre el Teatro Real, Madrid no es Madrid».

En vano es que deje de hacer calor; que truene y que llueva; que se abran otros teatros; que se haga la vendimia; que aparezcan algunos abrigos; que dé la oración a las seis y media; que se cuajen de noticias los periódicos; que empiecen o acaben las ferias; que vengan los estudiantes y los pretendientes; que se caigan las hojas de los árboles, y que el Prado, el Casino y los salones, estén llenos de gente... Parece que hay un convenio tácito en no dar importancia a estos hechos hasta que se entra oficialmente en Madrid; esto es, hasta que se aparece en el Teatro Real.

Esta es la gran cita, el gran congreso, la hora solemne en que se toma posesión del cargo de madrileño y se abre la legislatura de la sociedad elegante. Después de esta sesión inaugural, ya puede uno decir en voz alta que ha llegado. Ya recibe; ya visita; ya está en la corte. Decirlo antes, fuera exponerse a hacer sospechar que no se ha salido, y esto es imperdonable.

Por lo demás, la apertura del regio coliseo ha sido este año tan solemne como de costumbre.

Desde ocho días antes no se encontraba un billete ni por un ojo de la cara, y la Contaduría y la casa del empresario hallábanse sitiadas por filarmónicos de ambos sexos que mendigaban hasta una delantera de palco.

¡Tratábase de la Traviata, ópera popular como pocas, que tiene el privilegio de sacar de sus palacios y de sus casillas (entiéndase buhardillas) a los habitantes de Madrid, sobre todo a las señoras de medio pelo!

A las siete de la noche, ya batían las puertas del suntuoso teatro las oleadas de la muchedumbre, que, habiendo de conquistar su asiento por derecho de prioridad, se disponía a subir de seis en seis los doscientos escalones que conducen al paraíso.

A las ocho, esta marea creciente había ya inundado aquel sotabanco del Templo de la Música; y rugía, silbaba, reñía, gritaba ¡sentarse!, reía, golpeaba en la madera y palmoteaba a compás, como en la plaza de toros, mientras que la orquesta templaba y concertaba los instrumentos...

Entretanto, en palcos y butacas salían de entre los pliegues de sus capuchones mil elegantísimas damas, como otras tantas flores que abrían su cáliz al primer gorjeo de los pájaros (alusión a los violines), para tomar el Sol (alusión al gas) revelador de su hermosura

Y todo fue durante aquel cuarto de hora reconocimientos, sorpresas, saludos, apretones de mano y miradas de azúcar derretido...

El uno venía de Alemania, la otra de Suiza, fulana de París, mengano de los Pirineos...

En esto comenzó el preludio de la Traviata.

1858

VISITAS A LA MARQUESA

Introducción

En la pintoresca lista de mis relaciones sociales que comprende todas las jerarquías, todos los colores políticos, todas las edades y todos los sexos... A propósito de sexos: necesito revelaros una cosa que ignoraréis, y que justifica ese «todos», al parecer absurdo.

Los sexos no son dos, como se había creído hasta aquí. Cierto arquitecto, que había construido un Hospital, decía al señor Gobernador de la Provincia, explicándole dicha obra:

—Como ve usted, he dividido las enfermerías en tres grupos o departamentos aislados... para los tres sexos.

—¡Hombre! ¿De qué tres sexos me habla usted? —exclamó la autoridad—. ¡Yo no conozco más que dos!

—¡Ah, ya lo creo! —respondió el constructor—. Pero este Hospital es general, y vendrán a él los tres sexos... o, lo que es lo mismo, los hombres, las mujeres y la tropa.

Pues bien: la lista de mis relaciones comprende desde la tropa hasta los banqueros, desde los periodistas hasta los literatos, desde los autónomos hasta los autócratas, desde los Obispos hasta los bohemios trasnochadores, desde las niñas más inocentes hasta las ancianas semifósiles que ya no pertenecen a este mundo.

Tal es Madrid, y ya explicaré alguna vez en qué consiste esto. Básteme por hoy observar que la sociedad madrileña es esencialmente democrática; que todas las clases están confundidas en una sola, cuyo nombre podría ser la gente tratable, y que este pot-pourri tiene sus grandes ventajas y sus pequeños inconvenientes.

Con que prosigo.

Entre mis relaciones figura, y en lugar muy preferente por cierto, una marquesa viuda, que ha sido morena, pero que ya no lo es, gracias a los progresos de la química; poseedora de cincuenta miércoles de ceniza; catalana de nacimiento y francesa de educación; mujer que ha sido muy hermosa, y que, como todas las morenas, ha envejecido demasiado pronto; muy aficionada al mundo, pero que ya no va a él, sino que lo recibe, y a la cual visitan todas las noches (desde las seis, que se abre su comedor, hasta las tres de la mañana, que se cierra su tertulia) unas ochenta o cien personas de todos tamaños y matices. Quiénes la acompañan a la mesa; quiénes a tomar café mientras es hora del teatro; unas pasan con ella la velada cuando no hay función en el Teatro Real; otras van a pedirle té después de la ópera; otras juegan al tresillo de diez a doce, y otras se presentan allí de media noche para abajo, ganosas de contar o de saber las noticias políticas de última hora.

Esta marquesa no visita a nadie; no va al teatro ni a paseo; oye misa en su casa; no viaja hace muchos años, y, finalmente, no lee ningún periódico... Verdad es que esto último no le hace falta, pues que en su reunión se habla más y de mejores cosas que en todos los periódicos habidos y por haber.

La popularidad de esta señora y la afluencia de gente a sus salones están muy justificadas... Primeramente, en ellos no falta nunca media docena de señoritas de primer empuje, bonitas... como casi todas las mujeres; bien educadas, aunque en París; que cantan, tocan el piano, bailan, etc., etc., y que no son las mismas todas las noches, ni tan siquiera dos noches seguidas, dado que van allí cuando no les toca el turno del Teatro Real, cuando no hay baile en ninguna de las casas que frecuentan, o cuando están de luto... aparente.

En segundo lugar: de los sesenta hombres, v. gr., que concurren allí, por lo menos quince han amado a la marquesa en sus años verdes, o sea en sus verdes años; lo cual aumenta la cordialidad del trato y anima mucho la conversación en algunos momentos, sobre todo cuando no escuchan las señoritas.

En tercer lugar, es indudable que la juventud se adiestra en aquella casa para más rigorosas sociedades: los jóvenes de mérito se dan a conocer; los viejos curiosos saben todo lo que pasa en la villa; los murmuradores siembran sus observaciones de toda la semana; los cesantes cuentan la historia secreta de todo el mundo (cosa que no está de más saber en los tiempos que alcanzamos); los diputados dicen lo que piensan decir o lo que hubieran dicho en las Cortes; otros explican su voto o su abstención; algunos revelan aquello que harán cuando sean ministros... (hase notado que estos últimos nunca llegan a serlo); los ministros, que también suelen concurrir, se justifican como Dios les da a entender ante la oposición con faldas, que es la más lógica y temible, y, en fin, con estas y las otras resulta que en casa de la marquesa se habla todas las noches de música, de política, de literatura, de modas, de viajes, de amores, de amoríos, de caballos, de casamientos, de defunciones, de bailes, de conciertos, de patinación, de esgrima, de jurisprudencia, de medicina legal e ilegal, de tauromaquia, de llegadas, de partidas, de teatros y de todo lo nacido y demás, como dice un amigo mío.

Ahora bien: obligado yo, como lo estoy desde que se jubiló Pedro Fernández, a escribir semanalmente en el folletón de La Época algo que agrade a sus lectoras (que siempre son las damas principales y las niñas más bonitas de Madrid), y careciendo de idoneidad para tan espinoso cargo, sobre todo después de las obras maestras que el Fernández ha producido en tal género, he caído en la cuenta de que, yendo una noche por semana a casa de la marquesa, y apuntando en un papel todo lo que allí oiga referente a grandes intereses femeninos, me encontraré con mi trabajo hecho y no tendré más que remitirlo al periódico.

Después de este prefacio, pasemos a ver a la marquesa, y refiramos todo lo que se diga en su tertulia.

Primera visita

El fin del mundo. Doce mujeres de corazón.

—A los pies de usted, marquesa.

—Adiós, joven, ¿cómo va?

—A la orden del día y a la orden de usted, tosiendo y adorándola. Y usted, ¿cómo tan sola?

—Acaba de irse al teatro mi primera tertulia. El vizconde está en mi cuarto escribiendo una exposición a las Cortes contra los toros, y yo, mientras, filosofaba. Pero, ¡vamos, cuénteme usted!... ¿Dónde tan perdido? Hace ocho días que no viene por aquí...

—¡Qué sé yo, marquesa!... ¡Qué sé yo! ¡Una semana menos y una semana más! Ésta la he pasado entretenido en mil cosas, y hoy no me acuerdo de ninguna...

—Conque... ¿aburrido, eh?

—¡Ni tan siquiera eso! ¡Hasta el fastidio, aquel noble compañero que nunca me abandonaba, empieza a serme infiel!

—Según eso, ¿se divierte usted en el mundo?

—No, señora; me distraigo, y a fe que nada peor puede sucederme. La indiferencia es el sublimado del spleen.

—¡Pobre juventud!

—No comprendo esa exclamación, marquesa. Esta noche vengo decidido a disputar hasta en el filo de una espada... Perdone usted, pues, que la contradiga a cada paso...

—He dicho: ¡pobre juventud!...

—Pues bien, yo creo que esa frase no está en su lugar.

—¿Por qué?

—¡Porque ya no hay juventud! (En el mundo moderno, se entiende, que en nuestras provincias, donde aun queda algo de la antigua sociedad, todavía tropieza uno con esos anacronismos.) Pero en la sociedad moderna, en la que nosotros frecuentamos, no solo no hay ya jóvenes, pero ni muchachos, ni viejos, ni mujeres...

—¡Ave María purísima! Pues ¿qué hay?

—Hablo formal, marquesa; ya no hay más que hombres.

—¿Qué? ¿Las mujeres de ahora?...

—¡Son hombres, como los niños, y como los viejos... y como todos los seres creados o imaginados! Ya no hay dioses, ni semidioses, ni héroes, ni ángeles, ni almas del otro mundo, ni brujas, ni hechiceros, ni astrólogos, ni profetas, ni santos, ni Belcebúes; ¡ya no hay más que hombres! Y, como ya no hay más que hombres, se propende lógicamente a que solo exista un hombre repetido, es decir, a que todos los hombres sean iguales. ¡Pronto desaparecerán, pues, las variedades que aún quedan en la especie humana, desde los esclavos de Cuba hasta los reyes de Europa! No diré que los sacerdotes católicos lleguen a usar con el tiempo barbas, mujer y levita, como los protestantes; pero lo que sí aseguro, es que se acabarán los moros, los judíos, los chinos y hasta los negros; las razas se cruzarán, unificándose; todos vestiremos un mismo traje, y hablaremos el mismo idioma; habrá moda universal, lengua universal, cámara universal, elegida por el sufragio universal, y dinero, y comida, y costumbres, y hasta mujeres universales. Después de esto, la democracia trascenderá hasta las bestias, y Dios sabe lo que inventaremos para mejorar su suerte, para igualarlas a nosotros, para redimirlas!

—¡Ah! ¡La igualdad! ¡La igualdad es el estado bárbaro, el estado salvaje, el estado animal! En algunos bosques del interior de África todos los seres son iguales, incluso el hombre. Créalo usted, marquesa; la igualdad es la muerte de la actual civilización. Bien decía Voltaire: «¡Si no hubiera Dios, sería preciso inventarlo!». Un resumen: yo creo que se acerca otra vez el día de la justicia de ese Dios sobre la soberbia y el olvido del hombre... ¡Preveo el fin del mundo!

—¡Por piedad, joven, explíquese usted!...

—¡Bajo palabra de honor le digo, que si no estuviera acostumbrada a sus extravagancias, creería que se había usted vuelto loco!

—Cosa fácil, marquesa; y ya hablaremos de eso otro día. Por lo demás, mi razonamiento anterior es muy sencillo. Desde que nuestra flamante civilización se olvidó del alma; desde que todo nuestro afán se redujo a procurar comodidades al cuerpo y a sublimar nuestras facultades físicas; desde que solo pensamos en ferrocarriles para andar más deprisa, en telégrafos para hablar más alto, en máquinas para trabajar menos, en inventos para dormir mejor, en preservativos contra el calor y el frío, y en buscar medios de comer a una misma hora langostas del mar del Norte, chirimoyas de América y nidos de golondrinas del Japón; desde que nuestras casas están tan bien amuebladas, nuestros cuerpos tan adobados, perfumados, empolvados y reteñidos, nuestros dientes tan seguros en las encías, nuestros cabellos tan inamovibles en la cabeza, nuestra seguridad individual tan garantida por la Guardia civil, y nuestro derecho al Poder tan protegido por la Constitución, los dioses se han ido... y detrás de ellos las artes... y detrás de las artes el amor... y detrás del amor las mujeres... y detrás de las mujeres los niños... y con los niños los duendes, los viejos y los santos. ¿Me comprende usted ahora?

—Algo más claro lo veo... Quiere usted significar que la civilización presente ha descuidado el corazón y la fantasía; se ha hecho materialista, y mata de hambre moral a los jóvenes y a los poetas, que solo viven y pueden vivir de sentimientos y preocupaciones...

—¡Justo! La mujer se ha vuelto positivista y sabia; el niño fuma en el vientre de su madre, blasfema en la cuna y escribe contra las creencias y las supersticiones antes de llegar a la edad en que la Ley le permite hacer testamento; el viejo se remoza y remienda para seguir representando algún papel en el único mundo de que tiene noticias. ¡No... no hay más poder que el del hombre, ni más gloria que la suya, ni otro criterio que la razón humana, ni otra verdad que la que nosotros nos hacemos! ¡De aquí la muerte de la literatura! ¡Pobre literatura! ¿Qué pueden cantar hoy los poetas sin que el público se les ría? ¿Han de cantar al hombre? ¡Cerca le anduvieron cuando, en la agonía de su inspiración, se dedicaron por completo a la mujer! Aludo al romanticismo. ¡Los románticos, que negaban sus himnos a la Divinidad, hicieron un dios de cada mujer, y cifraron en ella todo lo eterno, todo lo infinito, todo lo ideal que presiente el alma. La mujer, por su parte, agradecida a tales hombres, bebió vinagre y mascó yeso, fingió que no comía ni hacía nada prosaico, adelgazó y palideció (todo a fin de sostener en su ilusión a los poetas melenudos); pero al cabo se portó como quien era, como una pobre criatura de barro; como Eva, nuestra primera madre; como Julia se portó con aquel amigo mío...

—¡Adelante!...

—Y los pobres románticos quedáronse tan corridos y avergonzados, que, o se metieron a neocatólicos, o se pegaron un tiro. En cuanto a la Novela, sabido es que se dedicó entonces a celebrar a las modistas y a las cómicas. La Pintura, la Escultura y la Arquitectura (las dos últimas con especialidad), cesaron también en sus funciones. E hicieron perfectísimamente... ¿Qué dios, qué mito, qué héroe, qué fe, qué alteza habían de simbolizar en estos tiempos constitucionales? ¿Era cosa de erigir estatuas y templos a los economistas de frac azul, a los filántropos de bata, a los ingenieros vestidos a la inglesa? ¡Ah, señora!... ¡Yo disculpo a las pobres mujeres que, para luchar con esos impíos, con esos iconoclastas... digo mal... con esos adoradores de sí propios, se han creído en la precisión de imitarlos, de hacerse lógicas y eruditas, de masculinizarse (verbo nuevo), y de aspirar a tener voto en Cortes y sillones en las Academias! ¡Yo disculpo a los niños que, careciendo de juguetes y de temores, se meten a políticos y a filósofos! ¡Yo disculpo a esos viejos...! Pero aquí sale el vizconde.

—¡Oh! De seguro no opinará como usted...

—¿De qué se trata? Buenas noches, amigo mío.

—Es muy sencillo, señor vizconde. Decía yo a la marquesa, o pensaba venir a parar a probarle, que en la sociedad española (hablo de la sociedad inteligente, de esta que forma las modas y las costumbres, de la sociedad de todas las aristocracias, de la sociedad de los sabios, los nobles, los políticos, los poetas y los banqueros), hacen mucha falta doce mujeres de corazón.

—¡Doce hombres, querrá usted decir!...

—¡Eh! ¡No sea usted polaco! Hablábamos formalmente. Yo creo que esas doce mujeres son más necesarias, y harían mucho más bien que aquellos doce hombres. Ellas resucitarían las ideas de gloria, de amor y de heroísmo. Ellas ensancharían el mezquino horizonte de la bolsa y de la política, en que hoy se asfixia toda idea santa y generosa. Ellas protestarían contra el descreimiento general, rehabilitarían el sentimiento, enardecerían la fe, resucitarían el entusiasmo, ennoblecerían la lid, en una palabra; y, de las emboscadas alevosas y torpes escaramuzas de los pasillos del Congreso o de los teatros, harían magníficos torneos en que la inteligencia fuera la espada, la hermosura el premio del vencedor, y Dios y sus eternas verdades el tema constante de la gloriosa pugna!

—¡Delirios de poeta, joven incauto! —exclamó el vizconde.

—¡No tan delirios! —respondió la marquesa—. Pero, en fin, dejémoslo. Oigo crujido de faldas en el salón, y no es cosa de recibir esta noche un voto de censura de las mujeres que tenemos... buenas o malas.

—¡Oh... magníficas, marquesa!... ¡Son magníficas! ¡En-medio de todo, cuanto peores, me gustan más! Las mujeres son como el queso: hasta que se echa a perder, no agrada a les connaisseurs...

—¡Ah, libertino!... Mas ¿qué veo?

—Buenas noches...

—¡Oh! generala, ¿cómo va?

—Bien, marquesa...

—Matilde, Pepita... ¡Gracias a Dios que parecéis por aquí!.. Ya sé que os divertís mucho...

—¡Oh! Tres noches nada más en toda la semana pasada.

—¡Diga usted que no, marquesa! ¡Las siete noches han tenido función!

—¿Cómo, mamá?

—¡Justo! Verá usted. El lunes...

Segunda visita

Del lujo. Baile en casa de la señora condesa del Montijo.

—Cuando usía guste...

—Vamos... Vamos a comer.

—Buenas noches.

—¡Bonita hora de venir, señor folletinista!

—Ello es que llego a tiempo...

—Sí; por una casualidad... ¡Todos los pícaros tienen ustedes suerte! En fin... Dé usted el brazo a Manuela. Vamos, Barón.

—Dígame usted, Manolita: ¿qué ha sucedido aquí, que los encuentro a ustedes tan acalorados? Desde el recibimiento creí oír aplausos y protestas, y hasta pedir la palabra como en el Congreso.

—¡Justamente! Acabamos de celebrar toda una sesión de Cortes. ¡Se han pronunciado magníficos discursos!

—Supongo que serían contra el gobierno...

—¡Hola! Se alarma el principiante de o'donnellista...

—¡Oh! No, marquesa... Ya sabe usted que soy ecléctico.

—Entonces, va usted a darme la razón.

—A su lado de usted es difícil tenerla.

—¡Adulador! Siéntese usted aquí, junto a Manolita. vizconde, usted a mi lado. ¡Usted, Barón, que me hacía la contra, a la izquierda, en la Montaña! Pues verá usted, señor poeta, la que se ha perdido. Hemos hablado de economía política, de bellas artes, del lujo, del derecho al trabajo... ¡y, por último, de la inmortalidad del alma!

—Entre personas lógicas, toda discusión va a parar a eso. Veamos ahora el tema primitivo...

—Principiamos por el lujo. El Barón, que como ustedes saben, es progresista, tronaba contra él.

—¡Tronaba contra él, y al mismo tiempo abogaba por el progreso del arte y la industrial —añadió el vizconde.

—¡Es decir, que aumentaba la mercancía y suprimía los consumidores! —concluyó la marquesa.

—¡Cómo, señora! —exclamó el Barón.

—¡Nada! Progresando, progresando... quería usted volvernos al estado natural.

—¡Señores! ¿Yo he dicho eso?

—Lo decía usted en el mero hecho de combatir el lujo —replicó la marquesa—; y yo le he contestado que sin grandes capitales no puede haber armonía social. Nivele usted la riqueza, y Samper y Pizzala están demás en el mundo. Nivele usted la condición de los hombres, y se acabaron las artes, las ciencias y la literatura. Para que haya Pasmos de Sicilia (por ejemplo) es menester un capitalista, amante del lujo, que pueda pagar a Rafael Sancio el trabajo de muchos meses, y varios obreros, rudos y pobres, que saquen los colores de las entrañas de la tierra, tejan el lienzo y siembren el lino, en tanto que el artista viaja estudiando Museos. Las artes y el lujo son inseparables. Aristocracia y sabiduría significan una misma cosa. Y es justo: ¡Antes de que la sociedad desnivelase las fortunas, Dios había desnivelado las inteligencias! El tonto será siempre precursor del pobre. Hacer la guerra a los ricos, es hacérsela a los necesitados. Elija usted entre estas teorías y las del comunismo. Ahora, si usted me pide el derecho de todos a todo... eso es otra cosa. ¡Cuente usted conmigo contra los privilegios artificiales!

—¡Bravo, marquesa! —exclamaron todos los convidados.

—¡Pero es que irritan —dijo el Barón— esos alardes de lujo, esas fiestas esplendorosas, esos trenes, esos palacios...!

—¡Dale! ¡Usted quiere volvernos al estado natural! Amigo Barón: los trenes, las fiestas y los palacios son la riqueza de las clases trabajadoras. El magnate no come ocho veces al día. De todas sus riquezas apenas consume lo que su criado de usted. El resto es para la industria, para el comercio, para los artistas, para los menestrales. Cada baile de esos que exaltan la bilis del liberal irreflexivo, llena de oro el bolsillo de los guanteros, de las modistas, de los sastres, de los tapiceros, de los cazadores, de los pescadores, de los confiteros, de los perfumistas... ¡Qué sé yo! ¡La función es para ellos! Al cabo de la noche, usted, que ha dado el baile, se halla con menos dinero en el bolsillo, fatigado de atender a todo el mundo y muerto de sueño, mientras que

115

el comerciante se despierta muy gordo y colorado, y le cuenta a su costilla el gran negocio que hicieron el día anterior a costa de usted.

—Señora: el señor Morón está en la sala.

—Que pase aquí.

—Siento haber comido, fenomenal marquesa...

—Lo creo... lo creo, señor don Fermín; pues, según decíamos hace poco, no bastan todas las riquezas del mundo para comprar la dicha de comer dos veces seguidas.

Suspendida aquí la discusión, la marquesa dijo, levantándose:

—Tomemos café, y entremos en la orden del día. El folletinista de La Época tiene la palabra para describirnos el baile que dio anoche la condesa del Montijo.

—En efecto... —añadió Dolores—, esa es la cuestión del día. Hoy no se habla de otra cosa en Madrid...

—¡Oh! marquesa... ¿En qué berenjenal me mete usted? Yo soy incompetente...

—¡Es absolutamente necesario! Fernando Pérez (o sea Juan Valera), el folletinista de El Estado, nos ha remitido a usted. Conque así...

—¡Oh! ¡Fernando Pérez!... ¡Él me la pagará! En cuanto a mí, marquesa, ya se lo dije a usted el otro día; yo soy demasiado salvaje para hablar de ciertas cosas. Es más; yo no podría acercarme al bello sexo para estudiar sus toilettes, sin correr grave riesgo de enamorarme. Luego, yo detesto la política de nombres propios, o sea aquello de «La señorita de X llevaba... La Baronesa de J. parecía... La señora de H. tenía puesto...». ¡Yo estoy por los principios! Sin embargo, recordaré algunos pormayores (no pormenores), ya que ustedes lo desean.

El primero y principal, es la exquisita finura con que la condesa del Montijo... etc., etc., etcétera... (Pongan ustedes aquí todas las generales de la ley.) Lo, segundo que recuerdo es aquella casa, donde el lujo y la moda están maravillosamente armonizados con el arte; donde el buen gusto brilla tanto que eclipsa los mármoles y el oro, y donde la elegancia corre parejas con las antigüedades históricas. La Galería árabe, que se estrenó aquella noche, me transportó a mi Granada. Allí, entre aéreas columnas, entre flores y cristales, a la luz de lámparas moriscas, viendo por un lado el cielo salpicado de estrellas, y por otro los espléndidos salones, salpicados de astros de hermosura, soñé con la Alhambra de otros días, con Andalucía y con Oriente, con Zulemas y Zoraidas, con los cuentos de las Mil y una noches y con las visiones de mi adolescencia.

—Al orden, señor folletinista...

—¡Tiene usted razón, marquesa! ¡Estamos en Madrid! Pues bien: hasta como madrileño, puedo referir prodigios de aquel inolvidable sarao. ¡Usted las conoce! ¡Usted las habrá visto reunidas muchas veces!... Hablo de esas cien beldades, de quince a cuarenta años por cabeza, que se mueven juntas, como los sistemas solares, o como las golondrinas cuando viajan, y que contemplamos, ora en el Teatro Real, ora en los salones de los condes de Galén, ya en los de Osma, ya en la Embajada de Rusia, ya en la Fuente Castellana...

¡Todas, todas estaban allí! Luceros, estrellas, planetas, satélites, constelaciones (o sea familias de ángeles), nebulosas (o sea mujeres incomprensibles), la Estrella Polar (o sea la dama de las bellas perlas, oriunda del Norte...), la noble e indomable Vesta; el Lucero del Alba; Héspero, o sea la enlutada y melancólica estrella de la tarde; la irresistible Venus, y otros muchos astros que fuera prolijo nombrar. Porque allí estaban (como ha dicho muy profundamente Fernando Pérez) las señoras de A. E. I. O. U. y las señoritas de B. C. D. F. G. H. J. K. L. LL. M. N. —. P. Q. R. S. T. V. X. Y. Z., entre las cuales las había bellas, hermosas, bonitas, interesantes, esbeltas, lánguidas, distinguidas, elegantísimas, rubias, morenas, graciosas, discretas, dulces y saladas (por lo que aconsejo a cada una que se apodere del adjetivo que le corresponda). Allí estaban, por último (pasando a terreno más ingrato), todas las condecoraciones de Europa, la mitad de los títulos de Castilla, la tercera parte de los ministros y ex ministros de la Corona, algo de las Letras y de las Artes, toda la Diplomacia, mucho del Ejército de mar y tierra, no pocos diputados, el suficiente número de pollos y una respetable Cámara alta de mamás. Ahí tienen ustedes aquella fiesta inolvidable, aquella noche semioriental, semiparisiense, aquellas horas dulcísimas, cuya desaparición lloraríamos con lágrimas de sangre, si de la amabilidad de la condesa no nos prometiésemos otras muy parecidas. ¡Allá voy, Barón! Perdone usted, marquesa; me llaman para jugar al tresillo.

Tercera visita

Febrero loco. La Rifa de la Inclusa. La abolición del dinero.

—Se lo anuncié a usted, marquesa: ¡estamos perdidos! Febrero no lloró al subir al poder después de la muerte de su padre el viejo enero, y ha concluido por volverse loco. Dice el proverbio valenciano: Si la Candelaria plora, el inverno fora; y si non plora, ni dins ni fora... Ahora bien: el día de la Candelaria no llovió, y, desde entonces, el termómetro y el barómetro han perdido el juicio. Cada veinticuatro horas nieva, llueve, está raso, hace calor, hiela, silba el viento y pica tanto el Sol que busca la sombra el perro. Demos un adiós, por consiguiente, a la Fuente Castellana, al Retiro, al Prado, a la montaña del Príncipe Pío y a la Cuesta de la Vega...

—Pero ¿qué tiempo hace esta noche?

—Ahora nieva, si hay que nevar. ¡No parece sino que allá en el cielo nuestros patronos los Bienaventurados van a emigrar por causas políticas, según la prisa que se dan a romper cartas y memoriales! El aire y la tierra están cuajados de pedacitos de papel...

—¡Qué fastidio!

—¡Oh!... vizconde... ¡todo lo ve usted de la misma manera! ¿Hay nada más delicioso que un día de nieve?

—¡Cómo, marquesa! —exclamó el Barón, que entraba en aquel momento—. Una dama tan filantrópica como usted, que defiende a capa y espada la Rifa de la Inclusa, y está medio ofendida porque no le han dado a regentar en ella una tienda de juguetes, ¿verá con gusto estos horribles días en que el pobre no trabaja ni encuentra pan, en que el viajero pierde el camino y se hiela, y en que los niños que no tienen zapatos pisan una alfombra... que les ulcera los sabañones?...

—¡Calló el polaco y empezó el progresista! ¡Ah, señores: son ustedes insoportables con su cosa pública! La nieve, la Rifa, la temperatura, todo lo convierten en artículos de fondo... Venga usted en mi ayuda, señor folletinista, y sáqueme de este atolladero.

—Seré breve, marquesa; pues sabe usted que me aguardan. Todos tienen ustedes razón. La Rifa de la Inclusa, los perjuicios que la nieve causa a las clases pobres, y la imposibilidad de pasear en estos días, ofrecen sus contras y sus ventajas...

—Esa es una salida de unión-liberal; quiero decir, pastelera... Pero, en fin... hable usted, principiando por la Rifa.

—La Rifa, marquesa, es la diablura más santa que se ha podido inventar; y perdóneme usted la frase.

—¡Oh! No se la perdono... Al contrario: pido que se escriban esas palabras.

—Las explicaré. Es ya una santa diablura el que las damas más elegantes y más hermosas de Madrid se sitúen la Semana Santa en las puertas de los templos, armadas de sus mantillas españolas, de sus dientes de azúcar de pilón y de sus ojos de miel negra, nos cierren el paso a los buenos católicos que vamos andando las Estaciones sin acordarnos de ustedes (por no quebrantar la vigilia ni aun con el pensamiento), y nos digan con voz de ángeles caídos: Señorito, una limosna por el Amor... de... Dios... Pero es todavía más santo y más diabólico el que esas mismas irresistibles misioneras se pongan sus más caseros y peligrosos trajes, se vayan al ex convento de la Trinidad, tomen a su cargo una tienda, se coloquen detrás del mostrador y empleen en contra de sus mejores amigos aquella fatal literatura de: No puedo darlo más barato... No lo encontrará usted por el mismo precio... ¿Qué quisiera yo sino vender?... Me cuesta más... Uno igual se ha llevado el Embajador de Andorra, etc., etc. ¡Reconózcalo usted, marquesa! Esto es santo por el fin; pero diabólico por los medios.¡Yo lo confieso! Por regatear con la Duquesa de... (iba a decir de tres estrellas, y me parece poco)... con la Duquesa de todas las estrellas, me dejaría en su tienda, no solo el dinero, sino el bastón y hasta la ropa. Pues por jugar a la lotería con la marquesa de X... o con la condesa de Z... ¡no digo nada los sacrificios que pueden hacerse! Perdone mi amigo Hazañas; pero en las loterías de la Trinidad hay premios más gordos que en las que él dirige. ¡Y cuenta que en la Trinidad solo se juega a la primitiva! Por eso, sin duda, inventaron nuestros padres aquel cantar:

Si quieres que te toque
La lotería,
Juega con el lotero

Siquiera un día.

—Si le parece a usted, podemos pasar a lo de la nieve...

—Con mucho gusto. He aquí mi tesis, contenida en otro cantar: si la nieve es mala para los pobres,

La culpa tiene el dinero

Y, a propósito; debo manifestar a ustedes una gran idea económica que se me ocurrió el otro día. Saben ustedes cuánto hablan hoy en favor de la moneda los mismos poetas y filósofos que antes la llamaban vil metal. Saben ustedes también los conflictos que diariamente surgen en España y en otros países por falta de metálico y abundancia de papel. Saben ustedes, en fin, que todos los economistas convienen en que la supresión del dinero sonante traerla consigo la ruina de la sociedad... Pues bien; yo he encontrado un medio de abolir la moneda, dejando a la sociedad en el mismo estado en que se halla.

—Apelará usted al crédito...

—No señor. Eso es el papel.

—Al cambio de objetos, como en los tiempos patriarcales...

—Tampoco.

—Pues ¿de qué manera?

—Contrayendo deudas y no pagándolas... No se rían ustedes, ni se indignen contra mi proposición; que en ella no hay broma ni cinismo. Sería una medida general. Nadie le paga a nadie. Yo, por ejemplo, no le pagaría al maestro de coches: el maestro de coches tomaría un palco en la Zarzuela y lo dejarla a deber: la empresa de la Zarzuela ajustaría cantantes y no les daría un maravedí; los cantantes comerían en la fonda, y dirían ¡vuelvo!: el fondista haría lo mismo con el carnicero, el pescadero, el cazador y el hortelano: el hortelano tomaría fiado en la tahona: el tahonero debería el trigo al labrador: el labrador no llevaría la renta al propietario: el propietario no pagaría las contribuciones y el gobierno le debería a todo el mundo! Y, a propósito del gobierno: de esta manera, no habiendo oro, plata, cobre, billetes de Banco ni papel del Estado, resultaría que todos los ministros serían sumamente morales, a no ser que se dedicaran a robar cuadros y alhajas, cosa que ni siquiera puede imaginarse, sobre todo en nuestra hidalga nación. Por lo demás, ya no habría jugadores, ni monederos falsos, ni multas, ni depósito exigido por la ley de imprenta, ni amor vendido por esas calles...

—Está usted disparatando...

—Pues lo peor es que me marcho ahora mismo al Teatro Real. Son las nueve y media...

—¿Qué dan esta noche?

—Esta noche se da una función a beneficio de los pobres, a petición de la junta de Damas de honor y mérito. Se cantan dos actos de Hernani, un dúo del Otello, y no sé qué más, y el teatro estará brillantísimo, pues las susodichas loteras hacen esta noche el papel de revendedoras. ¡Cuando les digo a ustedes que ya no hay más que hombres!

—Usted no sabe lo que se dice, ni lo que hay.

—¡Vaya si lo sé! ¡Conque...! ¡muy buenas noches!

—¡Eh! ¡Muchacho!... ¡Despierta! ¡Al Teatro Real!

Cuarta visita

La primavera de las violetas. Necrología.

—¡Alabado sea Dios, marquesa!

—Por siempre sea bendito y alabado, señor folletinista. ¿Cómo va?

—Hoy no soy folletinista. Llámeme usted poeta.

—Pues ¿qué hay?

—Que el día de hoy ha sido para mí tan grato como solemne. Vengo con el alma llena de poesía...

—¡Oh! Y con las manos llenas de violetas... ¿Qué le ha sucedido a usted?

—No ha sido a mí solamente: ha sido a España entera.

—¿Cómo? ¿Hemos tomado a Hué? ¿Hemos vencido a Benisidel? ¿Somos dueños de VeraCruz? ¿Ha parecido el Lozoya? ¿Se ha hundido Gibraltar?

—¡No se trata de eso! Mi poesía de hoy es puramente bucólica. Si usted madrugara, o pasease por las tardes, ya me habría comprendido. Empiece usted por aceptar unas violetas que he cogido esta mañana en Aranjuez. ¡Ah, marquesa!... ¡Qué hermoso día ha hecho hoy!

—¿Y es eso todo?

—Sí, amiga mía. ¡Voilà tout! Hoy ha empezado la primavera de las violetas. Esta mañana, a las siete, apareció el Sol en un cielo limpio de nieblas; el aire tembló alborozado al sentir su cariñosa llama; las aves, enronquecidas por el frío, templaron sus instrumentos y preludiaron el primer canto de amor. Yo me desperté súbitamente, inundado de una inefable dicha, y deseé pasear por el campo, como si estuviéramos en junio. ¡El grito de resurrección de la Tierra había resonado en mi alma!

—Creo que usted delira, o, por mejor decir, que, efectivamente, hoy se ha levantado usted poeta. Yo no he notado nada de lo que usted dice; y, por lo demás, creo que hoy nos hallamos tan en pleno invierno como ayer.

—¡Oh, no, marquesa! No me equivoco. Yo bien sé que el invierno volverá; que tendremos todavía nieves y lluvias, vientos y nublados; ¡pero la Naturaleza ha resucitado! La primavera precursora, la pequeña primavera, la primavera de las violetas, ha llegado a Madrid esta mañana.

—Pero ¿qué primavera es esa?

—Yo se lo diré a usted. Entre los últimos hielos del solsticio de invierno y las primeras lluvias del equinoccio, hay quince días risueños, apacibles, esplendentes, que no tienen otro objeto que hacer brotar de la escarcha las primeras flores del año, o sea las flores de almendro y las violetas. Pero las flores de almendro se hielan por lo regular a poco de abrir, mientras que las violetas perfuman el templo que ha de habitar Flora pocos días después. Estas dos semanas de Sol y eflorescencia son un paréntesis en el invierno, una isla afortunada en medio de un océano furioso, un oasis enclavado en las arenas. También puede decirse que son un preludio, un aviso, una alborada, un arco iris que anuncia la felicidad a la Naturaleza, o, lo que es más claro, son el primer antojo, el primer capricho, la primera monada de la creación, que se siente preñada de frutos y de flores, de fragancias y de armonías. Pero me ocurre otra comparación más propia: la primavera de las violetas se parece a los últimos quince días en que las adolescentes llevan pantalones; a esos quince días en que se las ve pensativas y ruborizadas, con el infinito en los ojos, con el corazón de mujer y con los pies a palo seco... No he dicho con los pies de niña, porque eso le sucede a usted todavía...

—¡Y ya hace tiempo que estoy vestida de largo! ¡Ay!... ¡Pronto cumpliré el medio siglo!

—Nadie lo diría, marquesa...

—¡Adulador! ¡Vamos! Continúe usted.

—Pues bien, señora; esa primavera ha principiado. Los cinco y siete grados bajo cero que nos ha regalado Boreas durante el difunto Januario, pertenecen ya a la historia: el estanque del Retiro, el baño de la Elefanta y las charcas del camino de Vicálvaro se han deshelado completamente; los patines y los chanclos de goma han caído en desuso; el Sol hace cacarear a las gallinas y desentumece las yemas de algunos árboles; el aire ha adquirido elasticidad y aromas; los gorriones empiezan a hacer de las suyas en los campanarios, mientras que los fieros infanzones de la gatomaquia firman una paz honrosa a la sombra de las chimeneas ¡Toda la Naturaleza, en fin, principia hoy una nueva jornada de vida y reproducción! ¡Ah! Cualquier idea de muerte o de aniquilamiento parecería ya una pesadilla o un cuento de Hoffman. ¡Créese un absurdo eso de morir, cuando todo se conmueve y resucita! Ni ¿cuál será el árbol seco, cuál será el corazón gastado que permanezca aterido cuando llueven del cielo promesas de amor y placidísimas esperanzas? Por el contrario: ¡es tan grato dejar la capa umbrosa y tétrica, atacarse el pantalón de lana dulce, desabotonarse la levita de primavera, calzarse el guante de medio color y dar cuatro vueltas por el paseo de las Estatuas! ¡Es tan dulce comprar flores, comer fresa, revolcarse en los trigos, leer a la sombra de un árbol, fumar en Chamberí hablando con un amigo, tirar a la pistola en la Fuente Castellana, almorzar en la Alameda de Osuna, escribir versos en la Montaña del Príncipe Pío, tomar leche en la Casa de Campo! ¡Es tan hermoso vivir, andar, correr, dar brincos como un corzo, estirarse como un don Frutos, bailar si llega la mano, armar camorras si nos dan pie, y disputar si nos buscan la boca! ¡Ah, pesimistas! ¡Levantaos a las ocho de cualquiera de estas mañanas de febrero, salid al campo, dejad por una hora ese aire que os asfixia a fuerza de suspirarlo siempre; mirad a los cielos y a la tierra... y la paz y la mansedumbre bajarán a vuestro corazón! ¡Mirad esos árboles que pasan sin hojas todo un invierno, y que no por eso desesperan, sino que aguardan confiados la hora de su resurrección!— ¡Insensatos! ¡Aprended filosofía en esos alcornoques!

—Usted se entenderá, amigo mío. Yo desconozco a usted esta noche.

—¡Mi reino no es de este mundo, amiga mía! Pero, a propósito del otro mundo: tengo una tristísima noticia que dar a ustedes. ¿Saben ustedes quién ha muerto en Lima a los diez días de llegar?

—¿Quién?

—El Labi.

—¡El Labi!

—Sí, señores... el Labi... aquel torero empírico, aquel gran poeta, aquel político consumado. ¡Y la ingrata prensa no ha escrito su necrología! El Labi fue uno de los españoles más españoles que ha producido España. Él fue quien exclamó en Bayona, enojado de los sarcasmos que le dirigían algunos franceses: «Yo desprecio a ustedes y a todos los extranjeros que hay aquí!». Él fue quien, en un convite célebre, improvisó aquellos versos:

Un hombre bien comido; bien bebido y bien querido,
Se mete en la cama y se queda dormido.

¡Él fue quien se hizo querer de una famosa criatura «por lo bruto y lo solificante que era» (fueron sus palabras)! ¡Él, quien pisó sombras y se lavó con ponjas! ¡Él, quien citó a un bicho de la ganadería de cierto canónigo, diciéndole: ¡Embiste, presbítero! ¡Él, quien brindó en Bayona, dirigiéndose al Prefecto, antes de matar un toro: ¡Por vous, por la mujer de vous, por los amigos de vous, y por el vous de todos los franceses! ¡Él fue, en fin, quien en julio de 1856 acompañó a Espartero en su paseo póstumo por las calles de Madrid, y le dio en la del Prado famosísimos consejos, que hacían olvidar los de don Quijote a Sancho! ¡Ah! Este hombre (Manuel Díaz (a) Labi) conoció que no cabía en la caduca Europa, y partió a la virgen América en busca de nuevos horizontes. ¡Ha muerto, sí!... Pero de él puede decirse, lo que Chateaubriand dijo de Napoleón: «Ninguna estrella ha faltado a su destino: la mitad del cielo alumbró su cuna, y la otra mitad ilumina su sepulcro». ¡Dios le tenga en su santa gloria!

—¿La señora ha llamado?

—El té.

—Aquí llega el Barón...

—¿De dónde tan tarde?

—Vengo del Príncipe, de ver el drama nuevo.

—¿Y qué tal?

Quinta visita

Una tarde de Sol

—¡Declare usted, querida marquesa, que soy el primer barómetro de Madrid! Hace ocho días, cuando aún se helaban hasta las conjeturas, y el cielo y la tierra estaban llenos de agua, anuncié a usted repentinamente que acababa de empezar la primavera médica, o sea la primavera de las violetas, como yo insisto en llamarla. Mi pronóstico se ha cumplido. ¡Qué días tan hermosos están haciendo! ¡Qué tardes tan divinas! ¡Cuánta luz, cuánto oxígeno, cuánta electricidad en el aire! ¡Qué Retiro y qué Fuente Castellana! ¡Qué océano de luz, y qué peces tan bonitos los del tal océano! ¡Y vaya si los peces tienen conchas y escamas! ¡Oh! ¡Dulce es vivir cuando hace Sol!... Me acuerdo de que, a los dieciocho años, exclamaba yo siempre en ocasiones semejantes: «¡Hermoso día para ser amado y tener mucho dinero!».

—¡Oh primavera, juventud del año!... ¡Juventud, primavera de la vida! —murmuró el vizconde.

—Decía bien ese poeta. En cuanto a mí, puedo asegurarle a usted que esta tarde miraba los árboles de la Castellana, esperando a cada momento verlos cubrirse de flores. ¡Tanta era la vida que irradiaba el Sol sobre la tierra! Y, si he decirle a usted toda la verdad, llegó a tal punto mi plétora de savia, de amor y de entusiasmo, que me parecía que yo mismo iba a cubrirme de hojas y a echar ramas como un alcornoque! Ni era yo solo el que se abandonaba así a las complacencias de su ser, a la dicha de haber nacido, al orgullo de no haber muerto. Una hermosa extranjera, que en bailes y conciertos representa gloriosamente a su remoto país, le decía la otra noche a un legislador, no sé si senador o diputado: «¡Qué Sol el de Madrid! ¡No comprendo cómo pasan ustedes la tarde en la triste atmósfera de las Cortes, hablando de ruines intereses humanos, en vez de disfrutar estos hermosos días, ver un cielo tan infinito, y recibir los halagos de un Sol tan cariñoso!». «¡Ah, señora!... —contestó el hombre de Estado—: Usted es del Norte y le da valor a eso: nosotros los españoles hemos llegado a cansarnos de tanto Sol, y hay días en que no sabemos qué hacer con él!» De aquí, marquesa, concluyo yo que, si el Sol se exportara, seríamos la primera nación comercial de Europa... Pero son las ocho... Perdóneme usted: me voy al teatro.

—¿A cual?

—Al Circo; a oír a Matilde Díez en Amor de Madre y en La Sociedad de los trece.

—Pues no tiene usted que correr. Hasta las nueve y media no empieza Matilde. Antes dan una piececita.

—Según eso, vizconde, usted ha estado ya en el Circo...

—Sí: fui el sábado con el Barón.

—¿Y qué tal Matilde Díez?

Sexta visita

Cumpleaños de la marquesa. Un periódico redactado por mujeres. Excelencias del Jigote. Concierto en casa de la condesa del Montijo. Mesa revuelta. Verdadero valor de 30.000.000 de duros. El profeta en su tierra.

—¡Perdón, marquesa, perdón!

—¡Quítese usted de mi vista!

—¡Marquesa, le juro a usted...!

—Va usted a perjurar. ¡Cómo! ¡Prometernos ir a la quinta y no parecer por allí! Quisiéramos saber qué poderosas razones ha tenido para ello...

—Voy a decirlas.

—¡Que no hable!

—¡No hay palabra!

—¡Que se le juzgue sin formación de causa!...

—Pues bien: espero mi castigo.

—¡Ya lo lleva usted en el mismo pecado! Hemos pasado un día delicioso: hemos bailado, cantado, jugado al tute... ¡En fin, no nos hemos acordado de usted!

—¡Ah! Matilde... Ese es demasiado rigor.

—Pues hay más: Gonzalo Morón ha pronunciado un discurso; Güel y Renté ha improvisado un coro; el Barón ha hecho juegos de manos; Fernando Pérez ha recitado versos, y nosotras le hemos coronado de violetas...

—¡Ah, traidor! ¡Después de lo que ha dicho de la marquesa en su Revista de El Estado!

—¡Cómo! ¿Qué ha dicho?

—No puedo contarlo... Ustedes mismas acaban de prohibirme el uso de la palabra.

—¡Ah! Usted quiere indisponernos... ¡Pues sepa que Fernando Pérez me ama, a pesar de mis sesenta años!

—¿Cómo, marquesa? ¿Usted tiene sesenta años?

—¡Sesenta años de reloj! Hoy los he cumplido... Hasta aquí me he estado quitando diez.

—¡Y los ha celebrado usted con un día de campo! ¡Qué magnanimidad!

—¡Justo! Gradúe usted ahora toda la extensión de su desaire.

—¡Oh! Estoy desesperado... ¡Castíguenme ustedes, por compasión!

—¡Sí: que se le castigue! Obliguémosle a escribir en La Época un artículo en que proclame todo lo que convenga a nuestros intereses.

—¡Ah, señoras!... Respeten ustedes el ente moral periódico...

—¡No hay escape! Apunte usted en su cartera. Primeramente...

—Primeramente —repitió Matilde—, diga usted que todos los hombre son unos necios...

—¡Señorita, respete usted las instituciones! ¡Yo no puedo decir eso!

—Diga usted que no nos gusta que lleven el pantalón tan ancho...

—Que, con crinolina y todo, valemos más que ellos.

—Que es una impertinencia eso de dejar de bailar tan luego como echan bigote.

—Que es una majadería... un insulto... un desacato... una...

—Señoras: ¡Por lo más sagrado! ¿Cómo he de decir yo eso? ¡Perezca la nación... pero sálvense los principios!

—Diga usted que el jigote de casa de Riquelme es la ambrosía del siglo XIX...

—¡Que no vamos allí por verlos a ustedes, sino por el jigote!

—Y dígalo de esta manera:

> Máscara, para mi dulce y sabrosa
> Más que el «jigote» del festín ajeno...

—¡Ah! ¡Si estuviera aquí Fernando Pérez, pediría la palabra para defender a cierta ausente!...

—¡No ha habido ofensa! Solo ha habido alusión... Y, a propósito: diga usted en La Época que ya es tiempo de que acaben los hombres necesarios en política y las mujeres necesarias en amor... ¡No más ídolos! ¡No más fetichismo! ¡No más señorita B. y señorita H.!

—¡Yo no puedo decir eso en un periódico ministerial!...

—Pues diga usted al gobierno que ya es hora de desamortizar a las mujeres...

—¡Cuidado con el fiscal, señoras!

—Que no queremos residir en manos muertas...

—Matilde, en nombre del Concilio de Trento, le quito a usted la palabra.

—Que estamos cansadas de ser bienes de propios.

—Eso no es exacto. Yo sé de algunas que son males de ajenos.

—Que queremos que se nos devuelvan las garantías constitucionales.

—Señoras, la constitución de ustedes no ofrece garantías...

—¡Ofrece algo más! Nosotras fuimos las primeras en ejercer el derecho de insurrección. Eva fue vicalvarista...

—¡Ustedes van a lograr que denuncien a La Época!

—¡Abajo los hombres! ¡Guerra al sexo barbudo! ¡Muera el pantalón!

—¡Pedimos que las elecciones se hagan con entera independencia!

—El mal está en ustedes, señoras, que nunca eligen al candidato natural.

—¡La culpa es de nuestros padres, que nos niegan el dote, siempre que tratamos de hacer nuestro gusto!

—¡Pedimos que se rectifiquen las listas electorales, y que se nos dé voto en Cortes! ¡Que se nos haga a un mismo tiempo electoras y elegibles, como lo son ustedes!

—¡Que nos regalen turrón a las pobres, a fin de que podamos casarnos con quien nos parezca!

—¡Que se den a nuestro sexo tres carteras en cada combinación ministerial!

—La de Estado, a fin de oírlo todo...

—¡No! La de Gracia y justicia, para ver.

—Mejor es la de Guerra, para tocar.

—Yo quiero la de Gobernación, para oler.

—Pues yo prefiero la de Hacienda, para gustar.

—Faltan dos sentidos, para la de Marina y la de Fomento.

—Decía bien Fernando Pérez la otra noche: necesitamos más sentidos.

—¡Non bastan cinque!

—¡Se suspende esta discusión!

—Pues pasemos a otro asunto. Diga usted en La Época que nosotras cuatro somos las muchachas más bonitas de Madrid...

—Las más elegantes...

—Las más graciosas...

—¡Misericordia! Me sacarán los ojos las demás.

—Usted no lo dice por todas las demás; usted lo dice solamente por el Ángel de la aureola.

—¡Que se escriban esas palabras! Yo no conozco a ningún ángel.

—El Ángel de la aureola es una niña que lleva alrededor de la frente un cerco de cabellos de oro como la Luna en el estío. Son palabras de usted en cierto folletín.

—No, señora; aquellas palabras son de Ovidio: Lunaque nocturnos alta regebat equos.

—Seamos formales: de lo que debe usted hablar largamente en su artículo es del concierto que hubo el jueves en casa de la condesa del Montijo.

—Eso es entrar en razón. ¡Diré todo lo que ustedes quieran, y todo me parecerá poco!

—Pues bien; describa usted en primer lugar el aspecto fantástico de aquella galería, en el instante supremo en que la señora de Prendergast cantaba el aria de Norma. Dibújela usted tan hermosa y sublime como estaba sobre el estrado que sostenía el plano; elogie usted su dulce y melodiosa voz, su inspirada actitud, su exquisito sentimiento, y sobre todo, aquella expresiva fisonomía que tanto hablaba al corazón. Las paredes cubiertas de enredaderas, las columnas árabes, los ajimeces, las lámparas morunas, las flores, la brillante concurrencia, la hermosura y elegancia de las coristas, la afinación y el gusto con que cantaron el coro de la Casta diva y el de la Sonámbula, y, por último, lo bien que acompañaron y dirigieron los Sres. Inzenga e Iradier, son cosas... digo personas... digo...

—¡Bien por Matilde! ¡Eso se llama dirigir un periódico! Me ha dado usted el artículo hecho.

—Además, puede añadir algunas pinceladas que retraten a sus beldades favoritas... la discreción de la una, la gracia de la otra, el talento de ésta, la impenetrabilidad de aquélla...

—¡No!... ¡No!... ¡Nada de personalidades!

—Pues bien; hable usted entonces del baile que en aquel mismo edén se dio el domingo.

—Eso es otra cosa

—Amoneste usted a los actores del teatro Francés para que se vistan mejor. ¡Todos parecen criados!

—Quéjese usted de que hace tres días que no tenemos ópera...

—Truene usted de camino contra la economía de gas que se advierte en el teatro del señor Urríes; economía que no nos permite lucir nuestros encantos...

—Anuncie usted el baile de máscaras que mañana se da en el Teatro Real a beneficio de los pobres, y al cual vamos a asistir todas las damas inofensivas de la Corte.

—Advierta usted al señor Salas que en los conciertos religiosos de esta Cuaresma no olvide el Miserere de nuestro ilustre compatriota el maestro Palacios, composición célebre en toda Europa y desconocida en Madrid.

—Anuncie usted la llegada de la Guy-Stephan.

—Proteste usted contra ese empréstito de 30 millones de duros que piensan votar los yanquis para comprarnos la isla de Cuba. Diga usted que si esa cantidad se repartiera entre todos los actuales poseedores de la perla de los mares, nos corresponderían dos napoleones por cabeza, y que aquí no sabemos de ningún español que venda tan baratos a millón y medio de hermanos suyos.

—Hable usted del Circo Gallístico, que tan animado está los domingos y los jueves...

—Describa usted el magnífico espectáculo que ofrecía la otra tarde El Ariel, donde lo mejor de Madrid presenció la gran partida de pelota entre Visimodu y los hermanos Pello.

—Y diga usted que Madrid entero... que toda España... ha soltado una carcajada homérica al saber que los granadinos han silbado El Cid, de Fernández y González, drama aplaudido en todos los teatros de la Península, representado treinta noches en Madrid y elogiado por trescientos periódicos. Haga usted notar que Granada es la patria de Fernández y González, y que, por consiguiente, han sido sus amigos, sus compañeros de la infancia, los que han protestado contra una gloria tan legítima, contra un triunfo tan indisputable. Pregunte usted a aquel público si se cree más literato y mejor crítico que los demás públicos de España, o si solo tuvo presente aquella noche la frase de Jesucristo: nadie es profeta en su tierra. Dígales usted que este rasgo de malignidad lugareña, que esta calumnia de vecindad, que esta conjuración de comadres es indigna de un pueblo culto, así como propia de gentes degradadas y ociosas, sin ambición ni porvenir, impotentes y nulas para todo lo grande y generoso. Dé usted las gracias, en fin, a los periódicos de aquella desventurada ciudad, por la nobleza con que se han alzado contra semejante miseria y mezquino proceder, y añada usted, por mi parte, que muchos granadinos nobles e ilustrados me han escrito llenos de vergüenza y de indignación, pidiendo que su voto conste con el de la minoría.

—¡Gracias, vizconde; gracias por esos arranques de corazón! Ahora, con permiso de ustedes, me retiro a mi casa, a fin de poner en orden todos los materiales que me han dado. Beso las manos a las señoras y que me besen los pies los caballeros. He aquí mi saludo y mi programa.

1859

...EL COMETA NUEVO. ENSAYO ASTRONÓMICO-POLÍTICO

Nihil novum sub sole...

Esto es una verdad, al menos para mí, y hoy sobre todo

¡Nada... Nada hay nuevo bajo el Sol!...

Créolo a puño cerrado por dos razones: primera, porque la noticia está en latín (y sabido es que, así en sermones como en discursos académicos, no hay argumento más convincente que un texto de los Santos Padres o de los filósofos de la antigüedad, máxime si el latín es tan enrevesado que nadie lo comprenda), y segunda, porque hoy quisiera regalar a mis lectores algunas noticias frescas sobre artes, literatura, tauromaquia, prestidigitación o pirotecnia, y nada nuevo ocurre en tales ramos.

Pero consolémonos de la certeza del dicho que encabeza estos renglones con la certeza de este otro que yo acabo de inventar:

Aliquid novum super solem. ¡Sobre el Sol, hay algo nuevo...

Este algo es un cometa.

¿Qué nos trae el recién venido? ¿Cuál es su historia? ¿Qué se propone hacer en las elevadas regiones por donde arrastra su luminoso apéndice?

He aquí lo que me propongo investigar de la mejor manera posible.

Empezaré declarando, con permiso del señor fiscal de imprenta, que a nada mejor puede compararse la numerosa serie de cometas conocidos, que a la serie no menos numerosa de Ministerios del reinado de doña Isabel II.

Reflexionemos.

Los cometas aparecen cuando menos se los espera, su marcha es tal, que nadie sabe a punto fijo adonde van ni de dónde vienen: hasta hace muy poco tiempo se ha dudado si describían o no una órbita parecida a la de los demás astros, y no ha faltado tampoco quien los considere simples meteoros o meteoros simples de nuestra atmósfera, sin importancia ni influencia alguna. Pero como todo se sabe al fin en este pícaro mundo, la ciencia ha demostrado ya de una manera palmaria que toda la originalidad de los cometas consiste en que, describiendo curvas de idéntica naturaleza a la de todos los planetas inofensivos, tienden, con una fuerza todavía incalculable, a prolongar todo lo posible la duración de sus revoluciones...

El catálogo de los cometas conocidos comprende ya más de doscientos. No habrá habido menos ministros en España desde 1833. Parécense también a los ministros en que, cuando antiguamente aparecía o desaparecía un cometa nuevo, habla en el mundo grande agitación y zozobra, ni más ni menos que si se tratara de un Álvaro de Luna, de un marqués de Villena, de un Duque de Lerma, de un Rodrigo Calderón o de un Príncipe de la Paz, mientras que ahora nos hemos acostumbrado tanto a verlos entrar y salir, y los conocemos tan perfectamente, gracias a los telescopios que nos trajo la civilización, que ya no reparamos en su presencia, ni sabemos muchas veces su nombre, ni creemos que puedan influir sobre nuestro globo sublunar. Verdad es que en estos últimos tiempos han menudeado de una manera lamentable... ¡Solo por los años de 46 y 47 hubo hasta ocho en doce meses... lo cual aconteció también en punto a crisis ministeriales españolas!...

Mucho pudiera extenderme en este paralelo inocentísimo entre cometas y Ministerios; pero me parece más oportuno elevarme a otras consideraciones, no sin hacer notar que los cometas, por inflexible ley de su marcha, son los cuerpos que más se aproximan al Sol, y que, cuando están en su perihelio, desaparecen de pronto ante el rey de los astros, no se sabe si derretidos o absorbidos por él...

Sabido es que hay cometas barbatos, caudatos y crinitos, según que su apéndice afecta la forma de unas barbas, de una cola o de una melena, y que la cola llega a tener a veces tal extensión, que ocupa la mitad del horizonte sensible. El famoso de 1689 traía el rabo medio enroscado en forma de sable o de cimitarra turca, jeroglífico que asustó a los más valientes; pero al cabo se vio que todo era ilusión óptica, lo cual me recuerda a ciertos tiranos de teatro casero, que hoy beben el agua de extranjeros ríos. El escrupuloso observador Babinet asegura que la materia de que se componen tan tremebundas colas es cien veces más sutil que el aire atmosférico, y que, por tanto, aunque en su desatentada carrera alcanzara la cola de un cometa a nuestro globo, solo produciría un malestar tan ligero como el ocasionado por el último manifiesto del Duque de la Victoria. Bueno será advertir que hay cometas periódicos, como hay periódicos que solo pudieran servir para hacer cometas. Llámanse cometas periódicos los que reaparecen después de un determinado número de años. Uno de ellos es el de Carlos V, que tanto dio que pensar a aquel célebre emperador, y que hasta se dice lo indujo a dejar el cetro por el rosario. Su vuelta estaba anunciada para estos tiempos, y muchos imaginaron al principio que era el mismo que hoy luce en nuestro horizonte... Pero yo creo que España no ha vuelto todavía a merecer visitas tan importantes.

Como quiera que sea, el viajero que nos ocupa no habrá venido a humo de pajas... ¡Algo nos anuncia o aconseja! ¡Algo nos promete, o con algo nos conmina!

¿Vendrá a predecirnos una guerra con el Riff? ¡Quiéralo Dios! En tal caso, transigiría yo con él, no en odio a los Moros, sino porque creo que no debemos tenerlos tan olvidados...

¿Nos presagiará una guerra con México?. ¡Ojalá también! La lucha entre hermanos es preferible a la indiferencia. La guerra puede acabar en reconciliación. La indiferencia termina siempre en desprecio y olvido.

¡Ello dirá!... Tentémonos la ropa por al acaso.

Ut nunquam cælo spectatam impune cometam.

¡Oh! Sí... ¡Mucho ojo!

¡Y, entretanto, no irritemos al cielo con abominaciones!

¡Traduzcamos del francés lo puramente preciso, y procurando que sea bueno!

¡Legalidad en las elecciones!

¡Nada de zarzuelas!

¡Protección a las artes y a la literatura!... ¡Esto último sobre todo!

Si tal hacéis, el cometa no se meterá con el globo terráqueo, e irá a descargar sus iras contra cualquier otro mundo más inmoral que el nuestro.

A UNA MÁSCARA

Hace en este momento veinticuatro horas que te acercaste a mí en el baile de máscaras del Teatro Real, y me dijiste, cogiéndome una mano:

—¡Júralo!

—¡Lo juro! —te respondí desesperadamente, por lo mismo que no sabía de qué diablos se trataba.

—Acabas de jurarme —proseguiste diciendo— referirme en un periódico todas tus aventuras de esta noche.

—¡Lo he jurado! —repliqué yo con cierta solemnidad.

—¡Si así lo hicieres, Dios te lo premie, y si no, te lo demande! —añadiste lúgubremente, levantando los ojos al techo y perdiéndote entre la muchedumbre.

Voy, pues, a cumplirte mi juramento.

Pero antes oye otra cosa.

Son las tres de la noche. En esta tu casa reina un silencio tan profundo que se oiría cenar a un gusano metido en una calavera.

¡No te asustes, amiga máscara; que la calavera en que estoy pensando perteneció a una mujer inofensiva!

Mis ojos se hallan fijos en la pantalla de la lámpara que hace las veces del Sol sobre mi mesa.

En esa pantalla se ve la figura de una princesa china... ¡Es la única mujer en quien, por la presente, puedo fijar los ojos!

Nadie sabe que estoy despierto... ¡Nadie!

¡Ah! ¿Por qué nací soltero? Yo hubiera querido nacer casado.

¡Pero casarse uno mismo!...

Quizá me equivoco, y no nací soltero, sino viudo. ¡Ay! ¡Guardo allá en el alma tales memorias de no se qué felicidades perdidas!... ¡Llevo en el corazón, desde que me conozco, tal sombra de luto, que ennegrece todas mis esperanzas!... ¿Habré yo vivido otra vez?

De cualquier manera, si yo tuviera esposa, ella sabría que te estoy escribiendo a media noche, a pesar de no conocerte, y la pobre tendría celos, lo cual fuera para mí preferible a esta soledad que me consume...

Pero paso a decirte mis aventuras de anoche.

Anoche se me acercó otra máscara antes que tú, y me preguntó:

—¿Me conoces?

—No te conozco —le respondí—; pero, en cambio, tú tampoco te conoces.

—¡Que yo no me conozco! —exclamó la encubierta—. Yo me llamo Juana.

—Eso te figuras tú, porque han dado en llamártelo.

—Te repito que soy Juana.

—Bien; pero Juana es un nombre compuesto de cinco letras: resulta, pues, que tú eres un pedazo de alfabeto.

—¡Y, además, una mujer! —añadió la máscara con cierta valentía muy graciosa.

—¡Todavía no has dicho nada! —repliqué yo—. Una mujer es muchas cosas distintas, cuya esencia nadie conoce. Llámase mujer a cinco o seis arrobas de carne y huesos (tú tendrás cinco y media, que es lo clásico); a una partida de bautismo, si se trata de quien, como tú, lleva un nombre cristiano; a una camisa, unas medias, unas botas, un corsé, un miriñaque, unas enaguas y un vestido, suponiendo que no use más cosas postizas; a un mueble en casa de su esposo, si es casada; al retrato de una futura esposa, si es soltera; a un espectáculo para sus amigas, si las tiene, y, en fin, a otras muchas cosas que no quiero citar... ¡Te aconsejo, pues, que averigües quién eres, qué haces en el mundo, y qué es el mundo!

Creo que ya irás formando idea de lo mucho que me divertí anoche en el baile.

—¿Qué buscas aquí? —me preguntó otra máscara.

—¡Lo busco todo! —le contesté.

—¡Pues búscate a ti mismo! —replicó quienquiera que fuese.

Y desapareció, como tú y como la otra máscara.

—¡Que me busque a mí mismo!... —balbuceé medio triste y medio alegre.

Y entonces recordé esta verdad, que me dijo mi padre hace muchos años:

—En el mundo no hay más que el yo de cada hombre. Cada hombre es el mundo. El primer meridiano se hallará siempre donde quiera que tú estés. El universo es un espectáculo dispuesto para ti, aunque cada uno de los demás hombres te considere a ti mismo como parte de su espectáculo. ¡Y es que cada cual lleva en su alma el infinito!

—¡Búscate a ti mismo, y lo encontrarás todo! —me había venido a decir la última máscara.

Encerreme entonces en mi propio pensamiento, y no pude encontrarme a mí mismo.

—¿Qué buscas aquí? —volvieron a preguntarme gentes que adivinan mi amor a lo absoluto.

—No busco nada —les respondí ya tranquilamente.

Y aquí terminan mis aventuras de anoche.

Entretanto, había yo dejado de considerar aquella fiesta como una broma. Por el contrario: pensaba ya en que las máscaras son cosa muy seria, tan seria, cuando menos, como las demás que hay en el mundo.

Y, en efecto, las máscaras tienen su razón de ser: no son una necedad ni una locura: son un goce natural, aunque terrible; racional, aunque espantoso. Voy a probártelo.

Tú habrás pensado alguna vez en el profundo horror que causan a la sociedad los anónimos y los pasquines, y habrás reparado en que estas armas, tan alevosas como tremendas, apenas se usan en el combate de los más ruines resentimientos. ¡No parece sino que se ha estipulado de antemano no apelar nunca a estos golpes mortales, como se excluye la estocada en ciertos duelos! Y es, realmente, que un maravilloso instinto de conservación advierte a los más desalmados que el anónimo, y sobre todo el pasquín, acabarían por disolver la sociedad humana. ¡Figúrate, por ejemplo, lo que pasaría en Madrid si mil o dos mil personas se dedicasen a escribir anónimos a todos los maridos engañados, a todas las mujeres vendidas, a todos los que tienen amigos falsos, a cuantos son objeto de murmuraciones, a los jefes de quienes se burlan los subalternos, a los robados por personas de quienes no sospechan, y, a todos los que viven de ilusiones o bañándose en las aguas del olvido! Pues añade el pasquín... ¡Imagínate el cinismo, la desvergüenza, el desenfreno que produciría esta murmuración a gritos, y el escándalo, los divorcios, los desagravios, los castigos, los desquites, los horrores que llevarla al seno de las familias. ¡Espanta el pensar en ello!

Ahora bien: como la privación es causa del apetito, la sociedad ha querido disfrutar el bárbaro placer de verse disuelta tres o cuatro días cada año, y ha inventado las máscaras.

Merced a esta invención, durante las Carnestolendas puede violarse ese tratado tácito de los individuos, mucho más sagrado que el derecho de gentes. Porque no lo olvides: cada máscara que va a los bailes es un anónimo: cada una que vocea en el Prado es un pasquín; y el Carnaval, en conjunto, es un simulacro de la ruina, de la disolución de la sociedad. Leyes, respetos, sexos, clases, nombres, fisonomías, todo se ve anulado, negado, derogado, escarnecido, en esa espantosa y general revolución dirigida por Momo.

Las máscaras retrotraen las costumbres al estado salvaje. Las convenciones humanas, las verdades legales, los principios que constituyen la vida común de los pueblos, se convierten en objeto de mofa y de ludibrio. Los hombres más graves gozan en establecer y confirmar con sus hechos estas asoladoras conclusiones: «¡Todo es mentira y vanidad en el mundo; todo farsa y locura! Nosotros, los que hoy nos entregamos al placer de burlarnos de nuestras costumbres, de nuestras categorías, de nuestras diferencias y variedades sociales, de nuestros estatutos, de nuestras vestimentas, de nuestros tratamientos, de todas las reglas de la vida, somos los mismos que mañana, metidos otra vez en el molde social, daremos por resultado códigos y catecismos, patíbulos y guerras, suicidios y apoteosis...».

Siento, querida máscara, que el estado de mi salud no me permita continuar... Tengo mucho sueño.

Madrid, 1859

BOCANADA DE HUMO

A mi amigo don Ricardo Alzugaray y Yanguas

A mal dar tomar tabaco.
(Refrán de nuestra tierra.)

Muy lejos estoy y he estado siempre de creer que nuestros sentidos corporales sean cinco: ver, oír, oler, gustar y tocar.

Yo creo, por el contrario, que son muchos más y muchos menos: es decir, yo creo que solo tenemos un sentido: el tacto, del cual son órganos o agentes, no solo los cinco que trae el Padre Ripalda, sino otros innumerables que no cita en su catecismo.

Ahora bien; estos agentes del tacto —encargados de transmitir al cerebelo partes telegráficos de cuanto ocurre en el mundo, mediante esos alambres eléctricos que hemos llamado nervios en nuestro afán de poner nombres a todas las cosas, por desconocidas que nos sean—; estas diversas maneras de tocar o de ser tocados, digo, no se reducen como pretenden algunos rutinarios fisiólogos, al oído, al paladar, a la vista y al olfato.

Comprendo que tal cosa se dijera cuando solo se conocían siete planetas y siete metales, cuatro Partes del mundo y cuatro elementos; pero repetirlo hoy, en pleno siglo XIX, sería un absurdo tan grande como echarse a buscar al Preste Juan de las Indias.

Lo repito: nuestros sentidos corporales, o sea nuestros sentidos secundarios, son hoy muchos, son innumerables... ¡Cada día se descubre uno nuevo!

¡Y esto sin contar con el magnetismo, que prescinde de todos, que los domina, que los avasalla, que los anula completamente!

Reconozco, sin embargo, que los hay interiores y exteriores, y que los exteriores son cinco, como dice el Padre Ripalda...

Pero los interiores... ¿por qué olvidarse de los interiores al hacer la cuenta de nuestros sentidos corporales?

No os hablaré de algunos que por sabidos se callan... ¡Líbreme Dios!

Ni del sexto sentido o sentido de la belleza, que estéticos y fisiólogos admiten ya —más o menos desarrollado, eso sí—, en nuestra raza bípeda y sin plumas, y el cual sirve para apreciar las maravillas del Arte y de la Naturaleza...

Ni del sentido de las cosquillas o de la risa, muy digno de atención y hasta de estudio...

Ni del sentido barométrico, que hace subir y bajar el mercurio de nuestro spleen, según el estado de la atmósfera...

Ni del gran sentido, que crea las simpatías súbitas y las antipatías inmotivadas...

Ni del proto-sentido, o sentido del presentimiento, que nos avisa siempre, con veinticuatro horas de anticipación las desgracias que nos esperan.

Mi único objeto, hoy sábado, es probaros la existencia de un sentido cuyo exclusivo encargo, cuyo destino en nuestro cuerpo, cuya función natural y genuina... es fumar.

Ya oigo que se me replica, que el hecho de fumar, o sea de humear, de expeler humo —pues tal es el significado de ese verbo— pertenece al dominio de los cinco sentidos clasificados por Ripalda.

—Cojo un cigarro —me decís— y me lo pongo en la boca: le aplico lumbre: el aparato respiratorio me sirve de máquina neumática: chupo: arde el tabaco y se convierte en humo: percibe el paladar el sabor de una y otra grata substancia: huélelas el olfato: fijo la vista en las caprichosas espirales de humo que suben al cielo o en la blanca ceniza que vuelve a la madre tierra, y... ¡negocio concluido «he fumado».

¡Ah! ¡Callad! ¡No digáis eso! No habéis fumado... ¡Eso no es fumar! ¡Vos no merecíais tener tan buenos cigarros! ¡Vos sois como los cerezos, que no se dan cuenta de los amoríos de sus propias flores!

Pero no es vuestra la culpa. La culpa es de la Academia de la Lengua.

Voy a convenceros.

El verbo fumar no expresa de ningún modo la idea a que se refiere: no interpreta, no traduce, no explica el hecho que analizamos: ¡es una palabra inadecuada, antigramatical, contradictoria, absurda!

El verbo fumar debiera ser reflejo, reflexivo; de ninguna manera intransitivo o neutro, y menos que nada activo o transitivo, como lo hacéis algunas veces.

En vez de fumar, fumarse. ¡He aquí lo que debiera decirse!

En lugar de: «Yo fumo después de comer», la frase reveladora sería: «Yo me fumo después de comer».

Es decir: yo me humeo; yo me fumeo.

—¿Se fuma usted mucho, Fulanito?

—Bastante, señora.

—Mal hecho: no debe usted fumarse tanto: va usted a quedarse hecho un alfeñique.

—¿Y el marqués?

—Está fumándose.

—Fúmate tú.

—Fúmese usted...

¡Esto es lo propio, lo racional, lo elocuente, lo que se dirá con el tiempo, Dios mediante!

¡Y ahora me ocurre que, al descubrir el tabaco, o sea al atinar con su uso, pudieron muy bien nuestros padres explicar este uso sin necesidad de inventar palabra alguna! ¿Acaso no existía el verbo fumigar, fumigarse?

Pues su aplicación al nuevo acto humano hubiera sido más oportuna que la invención del verbo fumar, ridícula contracción del anticuado fumear.

Porque fumar —hablo ahora del fenómeno, que no de la palabra—, fumar no es, ni lo será nunca, más que para las mujeres y los tísicos, el acto de expeler humo por la boca o por las narices. (¡Eso sí sería humear!) Fumar es absorber ese humo; encaminarlo a un determinado sitio: ¡fumigarlo! y, por consiguiente, humearse.

¿Qué sitio es ese? ¿Qué cosa se humea uno?

Cate usted la cuestión. Ya va asomando el sentido de que hablaba hace poco.

Meditemos.

Por algo quiero yo convertir de neutro en reflexivo el verbo fumar; por algo predico que el hombre tiene un sentido exclusivamente fumigable...

¿Sabéis por qué? Porque trato de demostraros que el placer de fumar pertenece al orden de los placeres naturales; esto es, que Dios había previsto el uso del tabaco al crear al hombre.

¡Culpa es del hombre, si ha tardado tanto en caer en la cuenta! Homo lapsus, etc.

Fumar no es un placer convencional como el de ser calvo, o como el que producen el frac negro, la pedrería, la cerveza, los Príncipes Albertos (carruajes muy incómodos) y las poéticas estrofas del himno de Bilbao; tampoco es un placer artificial como las verdades políticas, como las mujeres coquetas, como un baile de máscaras, como el matrimonio, como una conspiración bien urdida, como el juego o como las aclamaciones populares. Fumar es un placer ingénito de la naturaleza humana, como la música, la guerra, el amor correspondido, el sueño, el baile, la mesa, el baño, el vino, la caridad, el revolcarse en un prado la primavera, el adorno personal, los hijos, la murmuración, la caza y la pesca.

Voy a probarlo.

Si el fumar no fuera un placer de la naturaleza, los hijos no se esconderían de sus padres para hacerlo, ni los padres del antiguo régimen, enemigos en todo de las leyes naturales, se lo hubieran vedado tan rigurosamente a sus hijos.

La sociedad, que ha hecho un crimen de todas las funciones inherentes a nuestra vil condición de muñecos de barro; que considera de mal tono el comer por la calle; que no se da por entendida de ciertas flaquezas comunes a todo animal; que ha levantado mil barreras entre el hombre y la mujer (barreras que no pueden saltarse decorosamente sin pagar ese horrible derecho de puertas que se llama matrimonio); la sociedad, hipócrita siempre, que viste a las señoras de manera que aparezcan enteramente al contrario de como Dios las hizo (estrechas por arriba y anchas por abajo, siendo así que ellas son estrechas por abajo y anchas por arriba), ha proscrito en Inglaterra el uso público del tabaco, como ya proscribió antes en aquel mismo pueblo las palabras pantalón, sábana, camisolín y otras. ¿Qué mayor prueba de que el hombre es naturalmente fumigable?

Pensemos, si no, un momento en los efectos y excelencias del tabaco.

Para un verdadero fumador, el cigarro es el primer amigo, el más sabroso manjar, el más fiel compañero de todos sus pesares y alegrías.

Fuma el hombre que está a dieta; fuma el que ayuna voluntariamente; fúmase antes de comulgar; fúmase dentro del baño... ¡No hay ocio que el fumar no entretenga! El hombre que fuma; nunca está solo.

Cuando habéis perdido una prenda del alma y os espanta la idea de comer o de beber; mientras recibís el duelo; mientras acompañáis el cadáver al Campo Santo; en las patéticas crisis de vuestro dolor, el cigarro es lícito, conveniente, bien mirado por la sociedad española y por la madre Naturaleza, y el único placer que os permitís... ¡Quizá el único lazo que os retiene en la vida!

Nosotros, los que pasamos largas horas buscando en nuestra imaginación mundos ilusorios que presentar ante los ojos de los lectores, a fin de sustraerlos a la realidad de este mundo mezquino, vivimos en una atmósfera de tabaco... Entre nuestros ojos y el papel, flota siempre una nube de azulado humo que idealiza la materialidad de las cosas, en tanto que allá, en el alma, dulces somnolencias y extrañas reveries vienen a brotar del roce del aroma precioso con el sentido oculto de que hablo. Este aroma, que calma y embriaga a la vez, que mitiga las penas y endulza los recuerdos, que renueva la inspiración y fomenta la esperanza, es para nosotros lo que el gas para el globo aerostático: nos levanta de la tierra, nos suspende, nos eleva, nos hace recorrer el espacio, nos aísla completamente de toda relación de tiempo y lugar, y anticipa por momentos la hora mística y solemne de la libertad del espíritu.

¡Desgraciado mil veces el que no fuma! ¿Qué hará este ser incompleto, en la orilla del mar, en aquellas horas de infinito éxtasis que siguen a la puesta del Sol? ¿Qué velas llevarán su imaginación hacia lo desconocido? ¿Qué alas lo subirán al cielo durante las espléndidas noches de verano? ¿Qué hará en los entreactos de una ópera? ¿Qué, después de comer? ¿Qué, al despertar por la mañana? ¿Qué, durante una larga navegación? ¿Qué, en la ausencia, cuando cierre los ojos para ver las personas queridas? ¿Qué, para no acatarrarse a la salida de un baile en provincias, donde no suele haber coches, si tiene que ir charlando con la beldad que aceptó su brazo para volver a casa? ¿Qué, cuando viaje a caballo por solitarios montes? ¿Qué, cuando convalezca de una enfermedad? ¿Qué, en fin, en aquella hora que sigue al logro de cualquier deseo; cuando, si no fuera por el tabaco, ya no habría razón ninguna para seguir viviendo en un mundo donde todo es igual y acaba del mismo modo?

¡Ah!, lo repito: ¡desgraciado mil veces el que no fuma! ¡Y más desgraciado todavía el que fuma... y no tiene buenos cigarros.

Madrid, 1858

...EL CARNAVAL EN MADRID

I Los bailes de Capellanes

Vox populi, vox Dei. Cuando la fama lo dice, verdad será. Pero, aunque no lo sea, nadie negará que los confesores, las madres del antiguo régimen, las damas educadas a la Inglesa y los hombres que observan buen método higiénico moral, ponen las cruces a los Bailes de Capellanes.

—¡Conque anoche estuvo usted en Capellanes!... ¡Vaya una vida! —exclama maliciosamente nuestra presunta madre política, en tanto que nuestra futura esposa calla y cose, más seria que la siempre escamada Juno.

—¡La vizcondesa estaba anoche en Capellanes!!! —se dicen al oído sus adoradores, llevándose las manos a la cabeza, sin que lo vea el marido.

—¡No me lo niegues! —grita otra mujer arreglando la corbata a su consorte—. ¡Tú vienes de Capellanes!

—Pero ¿qué pasa en Capellanes? —me preguntará el benévolo lector.

Va usted a saberlo, amigo mío. Hoy habrá baile, pues desde Navidad hasta Ceniza, rara es la noche que se cierra aquel local... Va usted a acompañarme esta noche... La función principiará a las nueve; pero nosotros no iremos hasta la hora de la salida de los teatros, que es cuando la danza se halla en todo su apogeo. Desde entonces hasta las dos de la madrugada, que se apagan las luces, tiempo tendremos de conocerlo todo...

Ya hemos llegado. Comience usted a admirar prodigios...

El primero es de baratura... Lo digo, porque la entrada cuesta diez reales. La salida... es a gusto del consumidor.

No hay necesidad de quitarse el abrigo ni la bufanda; pero, si tiene usted calor, puede dejarlos en el guardarropa.

¡Vea usted qué galería tan cómoda para descansar!... Es un diván de cien metros que da la vuelta al salón... Aquí se fuma, se duerme, se pronuncian discursos o se pasea filosóficamente.

Penetremos en el paraninfo o para... ninfas.

Aquí tiene usted un salón cuadrado, sostenido el techo por cuatro columnas, y muy semejante a un gran patio de Andalucía.

En el espacio comprendido entre los cuatro cenadores, se baila... ¡Porque eso que mira usted asombrado es bailar!

Alrededor se ama a cuarenta grados Reaumur.

Por lo demás, yo creo que en Madrid no hay un local más bonito ni más a propósito para un baile.

El aspecto de la concurrencia recuerda los buenos tiempos de las máscaras. Aquí, no solo se viene disfrazados, sino vestidos. ¡Es un baile de trajes en toda la extensión de la palabra! Aquí tiene usted todo el guardarropa de los teatros: moros, templarios, griegas, manolas, escoceses, Isabeles de Inglaterra, Franciscos primeros, Motezumas, Reinas Católicas, puritanos, Federicos, Raqueles y Semíramis, andan amigablemente del brazo, o polkan que se las pelan, o se ponen como hoja de perejil si llega la mano.

Estas espléndidas máscaras, varones y hembras, son la parte peligrosa del baile... ¡Porque observe usted que los Federicos, los templarios y los Motezumas son también mujeres disfrazadas de hombre! Yo sé de un amigo mío que logró fijar la atención de una de esas máscaras ilustres, y consiguió a fuerza de muchas instancias (las Instancias fueron de él, y lo advierto... porque también ellas suelen instarle a uno), consiguió, digo, llevarla al ambigú.

—Pide algo... —exclamó mi amigo.

Era la una de la noche.

—Mozo, ¿hay puchero? —preguntó Isabel de Inglaterra.

¡Y no es esto lo peor que puede acontecer en Capellanes!... Pero hablemos de cosas más apetecibles. El lado novelesco y digno de atención de estos bailes lo constituyen ciertas modestas tapadas vestidas de negro, con largos mantos o anchurosos capuchones, que andan de acá para allá buscando a un marido más o menos infiel, o a un amante más o menos afortunado.

Y es que a Capellanes va también la dama non sancta del gran mundo, que ama a un gallardo estudiante del sexto de Leyes y no le ve nunca con desahogo, ni tuvo jamás la dicha de bailar con él. Para éstos, la noche es ideal, sublime, romántica a sumo grado. ¿Qué las importa el mundo que les rodea? ¡Allí está ella, la deidad cuyo coche sigue penosamente en el Prado, cuya mano puede apenas coger en los corredores del Teatro Real, y con la que no se ve a solas más que alguna vez en detestable coche simón! ¡Y allí está el incauto joven que la aristócrata aburrida distinguió entre la muchedumbre y elevó a un cielo que nunca soñara! ¡Al fin son libres; al fin andan del brazo por en medio de la multitud! ¡Todo el mundo es testigo de su dicha, y, sin embargo, nadie los ve!... ¡He aquí un goce que solo lo proporcionan las máscaras!

A las dos menos cuarto nadie ve más allá de sus narices. Se ha bebido, se ha perdido la cabeza a fuerza de bailar, se ha dado el alma al diablo, se ha obtenido la cita, se han marchado las tapadas decentes, se han confundido en un vértigo febril la mentira y la verdad, y las caretas son inútiles, y los respetos sociales una farsa, y los desconocidos se tutean, y las feas parecen hermosas, y todos gritan, todos bailan, todos sueñan, todos reducen el pasado y el porvenir a aquel instante pasajero de locura y fascinación.

—¡Huyamos, amigo mío; huyamos de esta jaula de monos!

II Los bailes del Teatro Real

Las tres noches en que estos bailes presentan su carácter propio, el segundo día deCarnaval, la noche de Piñata y la consagrada a los Establecimientos de Beneficencia, el regio coliseo ofrece un aspecto moral y material enteramente distinto del de Capellanes.

En él no hay trajes pintorescos ni aparatosos disfraces. Las mujeres van cubiertas de largos dominós o mantos negros; los hombres vestidos de media sociedad. Casi nadie baila; los que se dedican a este placer, o son tránsfugas de Capellanes, o provincianos inexpertos. Al Teatro Real se va, más que a nada, a desenlazar dramas y poemas o a empezar novelas sumamente interesantes.

Hay, pues, algo de lúgubre y melancólico en estos bailes de máscaras; algo de serio y de imponente. Allí se dan ciertas quejas y se hacen ciertas recriminaciones. Allí hablan los que se amaron durante mucho tiempo, riñeron después y dejaron de verse al cabo... De allí salen a veces reconciliados los novios, los amantes y hasta los esposos... Allí tropieza uno con los amigos secretos, con las simpatías ignoradas, con las desconocidas entusiastas, que no se ponen en balde la careta... Consejos, noticias, censuras, declaraciones, desengaños... salen como un vendaval de labios de las mujeres, yendo a turbar la mente de los hombres... La infidelidad, los celos, la venganza, la calumnia, los recuerdos de amor andan encarnados, por decirlo así, en aquellas sombras negras cuyos funerales chillidos van sembrando la desolación y la muerte.

Por lo demás, el local es lujosísimo, la orquesta maravillosa, la concurrencia innumerable. A cierta hora los palcos se llenan, o de parejas que siguen el drama tte à tte, sin que la protagonista se haya quitado el antifaz, o de familias pacíficas que han arrojado la inútil máscara y contemplan desde allí el animado espectáculo del salón, como los que ven desde un balcón artificial la catarata del Niágara.

De las tres a las cuatro hay una hora de sosiego, en que ni se baila ni suena la música.

Es que cenan los alegres de corazón.

Pero más excitan la envidia de los tristes y de los solitarios algunas parejas que se pasean por los corredores o por las escaleras. Muchos toman un coche y se marchan... y luego vuelven. No pocos se sientan a filosofar, y acaban por dormirse.

A última hora, a las seis de la mañana, se alumbra el teatro con luces de bengala, que le dan un aspecto fantástico; báilase la galop infernal, perfectamente llamada así, condénsase en vivísimas expresiones, en tumultuosos pensamientos, en rápidos compases, en frenéticos giros, toda la poesía diabólica de la noche, y entonces, los que se han reunido por casualidad, los que solo pueden hablarse con el rostro cubierto, los que no esperan verse ya lo menos en un año, sienten un hondo vacío en el corazón, como si les faltase la vida, como si se acabase el mundo...

Entretanto, la aurora se abre paso en el horizonte, alumbrando calles y tejados cubiertos de nieve, de escarcha o de ceniciento lodo.

III El carnaval en el Prado

La decoración ha cambiado completamente.

Las damas llevan la cara descubierta. Los hombres más elegantes van vestidos de mujeres y con la cara tapada. Ellas pasean en coche, o a pie, o están sentadas en las sillas del Ayuntamiento. Ellos se hallan a un mismo tiempo en todas partes.

Desde la Fuente Castellana hasta la iglesia de Atocha, esto es, en un espacio de media legua, fluye incesantemente un río de carne y trapo. Los más lujosos trajes de nuestras madrileñas sirven de disfraz a los jóvenes más traviesos y distinguidos.

Ha llegado la hora del desquite. Los embromados del Teatro Real se cobran con usura de todo el daño que allí recibieron del bello sexo.

El pueblo, por su parte, acude con danzas, estudiantinas y mojigangas. Entonces aparece también la mascarada política, la filosófica, la epigramática en el orden moral. Trajes fantásticos, ingeniosas caricaturas, burlas sangrientas, tipos cómicos, biografías en acción, nada falta en el gran escándalo de esos días.

Uno pronuncia discursos, otro os dirige a voz en grito apóstrofes que os ponen colorado; quién os nombra; quién os señala con el dedo; cuál os adula; cuál otro os manifiesta todo lo que os conviene saber.

Estas máscaras pregoneras, que son las más terribles, suelen ir hasta en coche, o asaltar el que primero encuentran; a veces van a caballo; hablan con las gentes que ven en los balcones; penetran en algunas casas; acuden a los cafés; paran a los transeúntes, nada perdonan, en fin, de cuanto puede contribuir a su tremenda incontrastable soberanía.

Tal es el Carnaval en Madrid, donde, a consecuencia de nuestras revoluciones y aun de nuestro carácter nacional, la sociedad se compone de un solo vastísimo círculo que incluye todas las clases cultas y en que todos se conocen y tratan.

No; no es el Carnaval entre nosotros la desaforada orgía de otras capitales de Europa, en que millares de individuos que no se han visto nunca convierten las plazas y los teatros en otras tantas casas de locos: es una innumerable tertulia de personas que se aman, se temen, se odian o se necesitan, en la cual se ha apagado la luz y andan las gentes a tientas diciendo verdades como puños y relajando en lo posible los vínculos estrechos de las conveniencias sociales.

1859

MIS RECUERDOS DE AGRICULTOR

Posible es, y hasta casi seguro, pues cosas más raras se ven todos los días en España, que algunos de los pacíficos labradores a quienes especialísimamente va dedicado este artículo, tengan así como una vaga idea de que yo existo en el mundo, por haber llegado a la envidiable soledad de sus casas de campo tal o cual periódico madrileño o de provincias en que se me citara, probablemente para censurarme, como teólogo, como poeta, como soldado, como periodista, como diputado a Cortes, o como cualquiera de las demás cosas que he sido consecutiva y aun simultáneamente, por falta de mérito bastante para ser una sola...

Pero de seguro que ningún campesino ni cortesano me ha oído mentar nunca como agricultor, ni tiene el más leve barrunto de que yo haya pasado años enteros de mi vida labrando la dura tierra, sembrando, regando, escardando, segando, podando, etc.; todo ello con anterioridad a los tiempos actuales, en que, he venido a ser un poquito jardinero y otro poquito hortelano en la villa de Valdemoro, de donde hace pocos meses me nombró Patriarca, en letras de molde, mi pícaro y buen amigo Alfredo Escobar, con gran asombro de las personas que todavía me tomaban por un muchacho.

¡Pues sí, mis queridos lectores técnicos del Almanaque agrícola! En los primeros años de mi varia y complicada existencia, yo he sido tan labriego como vosotros: yo he manejado millares de veces la azada, el almocafre, la hoz y otros muchos instrumentos de labranza; yo he confiado el grano de oro del trigo o el grano de topacio del maíz a la generosa madre Tierra, y la he visto devolverme al poco tiempo el ciento por uno; yo he sepultado el hueso, que es como quien dice el esqueleto, del albaricoque o de la guinda que me había comido, y luego he visto brotar un verde tallo por el grieteado suelo que cubría aquella fosa, y convertirse el tallo en tronco, y vestirse el tronco de hojas y flores, y trocarse las flores en frutos tan bellos y tan opimos como los del primer año de la Creación; yo he plantado el árido sarmiento que, andando los años, había de ser lujosa parra y darme fresca sombra y apretados racimos; yo he comido pimientos y tomates de las matas que planté y cultivé, y cebollas, y ajos, y calabazas y pepinos sembrados por mí, y...(¿por qué no he de decirlo todo, aunque tenga que acusarme de contrabando?) ¡yo he fumado tabaco de mi cosecha!, ¡yo he criado la preciosa planta, la he secado, la he prensado, la he arrollado, y, una vez enjuto el resultante cigarro casero, lo he encendido y me lo he fumado con el mayor gusto, bien que a escondidas... no de la Real Hacienda, sino de mis padres (q. e. p. d.)

Porque habéis de saber que apenas tendría yo nueve años cuando hacía todas estas cosas, es decir, cuando estaba dedicado en cuerpo y alma a la agricultura. Poco después entré en el Seminario, no en busca de simientes, sino a estudiar latín; la lectura de los clásicos me aficionó a las Bellas Letras, y ¡adiós, mi azada!, ¡adiós, mi almocafre!, ¡adiós, mi huerta!, ¡adiós, mis calabazas!... Ya tenía mayores cuidados; ya tenía que pensar en no recoger cosecha de estas cucurbitáceas cuando llegase junio con sus exámenes.

¡Mi huerta! Mi huerta mediría seis varas cuadradas de extensión, y constituía la décima parte de un corral que de nada servía (por haber otros mejor acondicionados para gallinas y demás animales comestibles) en el viejo y destartalado caserón que ya no puedo llamar mi hogar paterno...

Pero explicaré eso que he dicho de décima parte.

Éramos diez hermanos... como quien no dice nada, y no había local, ni juguetes, ni paciencia, ni oídos que bastasen a resistir nuestros juegos, reyertas y espíritu de destrucción. Desde los gatos que discurrían por los tejados hasta los conejos que tenían sus madrigueras bajo los cimientos de la casa; desde las mismas tejas y chimeneas del edificio y de los demás de la manzana hasta el agua misteriosa de los profundos pozos, todo sufría el incesante azote de aquellos diez guerreros, cuya edad se escalonaba entre dos y quince años, y cuyo único descanso era el pelear. ¡No se nos tenía por tan malos como los cuatro hijos de un nuestro vecino, a quienes todo el barrio llamaba los cuatrocientos; pero, aun así, cabía en lo posible que, de no buscarse mejor empleo a nuestra vertiginosa actividad, acabáramos por destruir la casa en que habíamos nacido y por matar a disgustos a los padres que nos habían engendrado!

En tal aprieto, decidieron sus mercedes regalarnos en propiedad y en usufructo el mencionado corral sobrante, para que lo convirtiéramos en teatro exclusivo de nuestras hazañas e hiciésemos de él lo que se nos antojase, incluso levantar sus tapias hasta las nubes o cavar su suelo hasta los antípodas, bien que aconsejándonos prudentemente que nos lo repartiésemos por lotes y que lo cultiváramos hasta convertirlo en una especie de jardín-huerta, cuyos frutos y flores perteneciesen de derecho al dueño de cada pedazo. A este fin, nuestros padres nos comprarían los necesarios instrumentos de labor y permitirían a los hortelanos y hortelanas mayores de ocho años sacar agua de los pozos con acetres de poco peso y con las debidas precauciones, dando además a un criado orden de regar la tierra de los minúsculos, quienes también podrían arrendarlas a sus hermanos más crecidos.

Con indecible entusiasmo y frenética alegría fue aceptada tan oportuna idea. Inmediatamente se dividió el corral en diez lotes iguales, dejando en medio una calle para vía pública. Hiciéronse escrituras que sirviesen de título a cada cual. Redactáronse leyes y ordenanzas sobre huertos, riegos, servidumbres, etc., y ya en adelante no dimos a nuestros padres más trabajo que el de impedir que echásemos raíces en nuestra respectiva pertenencia. Todas las horas que nos dejaban libres escuelas y colegios las pasábamos con el azadón o el escardillo en la mano, o sacando agua del pozo, o haciendo estanques y acequias, o construyendo pozos en el paseo que corría entre las dos series de huertecillas, o pintando verjas en las tapias, con almagra y almazarrón, o labrando encañados para acotar cada propiedad y defenderla de los gatos, o cambiando entre nosotros tales o cuales frutos o semillas; cuando no, convidándonos recíprocamente a comer sobre el terreno, y hasta en la mata, las lechugas, las habas o los pimientos que habíamos criado.¡Hubo allí agricultor que recogió más de una libra de algunas cosas!

Dicho se está que las primicias de cada cosecha eran llevadas solemnemente a nuestros padres, quienes las celebraban por todo extremo, dispensándoles la honra de disponer, como si fueran frutos de verdad, que se transportasen a la cocina, y se sirviesen luego a la mesa, en el frito, cocido o ensalada correspondiente. Ni dejó de suceder, sino que ocurrió en varias ocasiones, el que los muy amados de nuestra alma fueren a ayudarnos por las tardes o los días de fiesta en aquellas infantiles tareas agrícolas, o sea jugar con nosotros a labradores y hortelanos, prendados al igual de cada huertecillo, por ser obra y llevar el nombre de un hijo de su corazón...

¡Oh! No quiero seguir... Comencé en broma a hablar de mis juegos de la niñez, y ya no caben las lágrimas en mis ojos...

Pasaron, ¡ay!, aquellos años... Los hermanos más pequeños fueron heredando las abandonadas huertas de los mayores, según que éstos iban casándose o yéndose del hogar paterno. Uno murió, y su propiedad fue toda sembrada de siemprevivas... Pronto no quedaron hortelanos ni hortelanas que cultivasen, riendo, aquellas liliputienses fincas, y dos ancianos, ya casi solos, tuvieron que cultivarlas llorando, mientras que sus hijos creaban nuevas familias en otras casas, o recorrían el mundo cargados con el fardo de tan santas memorias... Apagose, en fin, aquel hogar: murieron nuestros padre, secose aquel jardín; ¡desapareció todo!

Mudáronse después los horizontes de nuestra vida, y, por lo que a mí toca, vi a mi alrededor nuevos seres amados, otros niños, muy parecidos a los que jugaban conmigo en la casa paterna, y que jugaban a los mismos juegos que nosotros... ¡Eran mis hijos, no mis hermanos! Eran estos pedazos del alma que han de sobrevivirme, como yo he sobrevivido a los honrados cónyuges que me dieron el ser...

Así es que, al pensar en los años de mi infancia, paréceme que ahora vivo en otro mundo, pues de mi historia de niño y de agricultor ya no me queda más que la dulce tristeza con que recuerdo alegrías tan inocente, dichas tan puras, placeres tan benditos...

Digo mal: también me quedaba este amor al campo y este culto a la Naturaleza, de que dan testimonio mis pobres obras literarias; amor que profeso asimismo a cuantos viven en íntimo contacto con la Madre Tierra, depositaria de las cenizas de mis padres, que en plazo no muy remoto lo será también de las mías.

1880

UN MAESTRO DE ANTAÑO. FRAGMENTO DE LAS «MEMORIAS INÉDITAS DEL BACHILLER PADEAYA», QUE SE PUBLICARÁN ÍNTEGRAS DESPUÉS DE SU MUERTE

I

Ahora me toca retratar (dice el Bachiller, comenzando el segundo cuaderno de su manuscrito) a otro de los personajes de mayor bulto y trascendencia que figuran en la historia de mi niñez; al más caracterizado, sin duda alguna, después de los autores de mis días, del cura que me bautizó y de mis once amas; al que sigue, en el orden de estos recuerdos casi fantásticos, a aquellos músicos de la capilla de la catedral, que casi todas las noches iban de concierto y jolgorio a mi casa, convidados por mi buen padre; al que roturó, digámoslo así, la tierra virgen, y luego mártir, de mi inteligencia y de mi memoria, y echó, en los surcos abiertos por la palmeta y las disciplinas, la primera simiente de los llamados conocimientos humanos; a mi único maestro oficial de lectura, escritura, cuentas, religión, geografía y demás cosas que diré en su lugar oportuno; al ilustre Sargento Clavijo, en fin, que santa Gloria haya, y que de seguro estará en ella, no diré de patas o a pie, pues esto no le satisfaría, pero sí a caballo, como Santiago y San Jorge; que tal fue siempre su postura favorita en este planeta de tres al cuarto, que llamamos mundo.

Paréceme que lo estoy viendo... no a caballo precisamente, pues yo lo conocí ya apeado, sino paseándose sobre los ladrillos de la escuela, como un rey sin trono, y alguna que otra vez en burra, camino de su viña... Era a la sazón más paisano que militar y más eclesiástico que lego... Había llegado a mi muy amada ciudad natal (Jaén), en los últimos años del rey Absoluto, desempeñando el cargo, casi siempre honroso, de mayordomo de un señor Chantre; y, por muerte del tal Prebendado, heredó aquella viña, un olivar y algunos maravedises, con los cuales puso la escuela... Antes de mayordomo, cuando el Dignidad era todavía simple Canónigo de León, Clavijo había desempeñado otra escuela en Astorga, en la Roma de los maragatos... Constaban documentalmente su nacimiento, bautismo y confirmación, verificados en no sé qué villa de Asturias, así como que había hecho toda la guerra de la Independencia, y llegado, desde humilde ranchero, a sargento segundo de

Caballería... Tenía una hermosa cicatriz en la frente y, al pecho, la cruz de yo no sé qué cosa... Los mismos conocimientos culinarios que le proporcionaron la plaza de ranchero de su escuadrón debieron de elevarlo, andando el tiempo, a la mayordomía del capitular, hombre que se cuidaba hasta cierto punto; pero lo que aún no he podido averiguar ni discernir es en virtud de qué conocimientos de otra especie fue maestro de escuela dos largos períodos de su vida... Decíase, por último, que en León estuvo casado siete meses con una antigua sobrina del Chantre, la cual murió de parto, anticipado según los amigos de su merced, y muy de tiempo, según los enemigos...

Paréceme que lo estoy viendo (vuelvo a decir)... Había nacido en 1788, como lord Byron, y, por consiguiente, tenía cincuenta años cuando a mí me pusieron en su escuela. Érase alto y recio, aunque no gordo, y su rostro, atezado y vulgar, resultaba grave y hasta digno, merced a una larga y porruda nariz, de las llamadas borbónicas, y, sobre todo, a un enorme tupé entrecano que hubieran visto con envidia Larra, Martínez de la Rosa y demás elegantones de aquel tiempo. Su vestimenta en la clase, desde el día de San Antonio hasta el de San Miguel, reducíase a un cumplidísimo pantalón de hilo oscuro que le llegaba hasta cerca de la barba, colgado de los hombros por medio de dos tirantes de vendo, y provisto de un amplio portalón, del tamaño y forma de aquella compuerta que comunica algunos comedores con la cocina, y que se baja, a guisa de mesa, para servir las viandas con mayor comodidad y más calientes... Y digo que su traje se reducía al tal pantalón, porque en verano andaba siempre en mangas de camisa y sin chaleco, aunque sí con la clásica y descomunal corbata de ballena, que entonces era de rigor y que, a mi juicio, sugirió a los criminalistas la idea de substituir la horca con el garrote. En invierno vestía otro pantalón por el estilo, de paño de Ohanes; chaleco de seda, rameado, de vivos colores, y levita negra, muy alta de cuello, muy larga de faldones y muy estrecha de mangas, aunque no de puños. La corbata era siempre igual, y como inamovible; tanto, que yo creo que dormía con ella. Usaba en todo tiempo recias botas negras de alto cañón, que lucía mucho, por llevar constantemente doblados los perniles de los pantalones, y no recuerdo haberle visto nunca, en ninguna estación, sitio ni hora, sin un pañuelo de los llamados de hierbas, de vara y media en cuadro, echado sobre el hombro izquierdo a manera de alforjas, tal vez

155

porque no había ni podía haber bolsillo en que cupiese tan hermosa pieza. No fumaba el antiguo sargento; pero sí tomaba mucho polvo, y, cuando se sonaba las narices, parecía que se hundía el mundo, y todos los muchachos quedábamos inmóviles como soldados que oyen la voz de ¡firmes! ¡tal estruendo hacía el santo varón! Su voz era también estentórea, aunque descubría, en los raptos de furia, alguna que otra nota de vieja. Tenía afeitada toda la cara, excepto el comienzo de las patillas. Pisaba muy ruidoso, a causa de los grandes clavos que orlaban las suelas de sus botas, y ufanábase de no gastar antiparras ni haber tenido nunca sabañones. En cambio, tenía en los pies todo un almanaque de callos, que le anunciaban las mudanzas atmosféricas con tres días de anticipación, y cierta quebradura o hernia inguinal (quebrancia la llamaba él) equivalente a un termómetro, un barómetro y un higrómetro, instrumentos que no le eran conocidos, y que, aun en el caso de conocerlos, no le habrían librado de tener la hernia.

Conque vamos a clase; es decir, estudiemos a nuestro hombre en el pleno ejercicio de su magisterio.

II

Pasábamos de ciento veinte los jóvenes amables que nos dirigíamos por aquel camino al templo de Minerva. Costaba una peseta al mes a los pudientes y dos reales a los pobres recibir el pan intelectual, en forma de palmetazos, de manos del Sargento Clavijo, a quien las autoridades y otras personas circunspectas solían denominar don Carmelo. Por la mañana se entraba en clase a las ocho, lo mismo en diciembre que en junio, y se salía a las doce; y por la tarde se entraba a las tres y se salía a las cinco. Los jueves solo había escuela por la mañana.

Voy a ver si recuerdo todas las vacaciones del año: diecinueve días de Pascua de Navidad, o sea desde Santo Tomás Apóstol hasta Reyes; siete de Carnaval, desde el jueves lardero hasta el Miércoles de Ceniza; doce de Semana Santa, desde el Viernes de Dolores hasta el martes de Pascua de Resurrección (todos inclusive); tres de Pascua de Pentecostés; once de ferias; tres de Jubileo de la Porciúncula, y sobre ciento de misa, entre domingos, fiestas y Santos que solo traían mano en el almanaque (y que son los que después ha declarado Roma no de precepto): total, ciento cincuenta y un días de huelga, sin contar la entrada o proximidad de los facciosos, la recepción del nuevo obispo, las romerías tradicionales, la llegada de un batallón con música, las elecciones, las rogativas, el exorcismo a la langosta, las grandes nevadas, los días y cumpleaños del padre, de la madre, de los abuelos, de los hermanos, de los tíos, de los padrinos y de la ex ama de leche de cada alumno, por lo que respectaba al alumno mismo, y sus propios días cumpleaños, sarampión, escarlatina, viruelas, alfombrilla, catarros, indigestiones, aporreaduras, lutos, y repentino destrozo del pantalón o de la chaqueta... Pongamos, pues, la mitad del año, y es cuenta redonda.

Pero voy extendiéndome a hablar de cosas comunes a la mayoría de las escuelas de aquellos tiempos, cuando debo circunscribirme a las especialidades de la de mi ex sargento segundo...

El buen don Carmelo Clavijo tenía hermosa letra, aunque demasiado gorda y anticuada letra de canciller del siglo XVII. En cuentas no era ningún Pitágoras, pero a enseñarnos a serlo, como algunos lo fuimos, ayudábale su pasante, pupilero y oráculo, el señor Frasquito Sarmiento, antiguo escribiente de la Administración de Millones, y capaz de contarle los pelos al demonio. De lo demás que sabía nuestro héroe trataré en capítulo aparte, cuando examine el programa y los textos semivivos y semimuertos de su escuela.

Cinco eran allí los castigos o sanciones penales de la enseñanza: 1.º, ponerse de rodillas; 2.º, correazos sobre la ropa; 3.º, palmetazos; 4.º, llevar colgado al cuello ¡todo un día! cierto cartón en que estaba pintado un burro; y 5.º, azotes, o sea disciplinazos que llamaré pajareros, por ir este adjetivo pegado al innominable (por no decir inefable) sustantivo con que se designaba allí, y aún suele designarse en la vida doméstica, la parte del cuerpo... infantil que los recibía. La correa o correas (pues había dos) eran de lo más recio que se conoce en materia de pieles, y una tenía don Carmelo y otra el señor Frasquito. La palmeta, primorosamente tallada y torneada en madera de álamo negro, que es de las más fibrosas y menos quebradizas, ostentaba los cinco agujeros de rigor, en recuerdo de las cinco llagas del Salvador del mundo, y su manejo correspondía exclusivamente al jefe de la clase. El burro había sido dibujado por la señora de Sarmiento. Y, en fin, los azotes se administraban, tomando a cuestas un adulto al recipiente o receptor (pues no cabe llamarlo recipiendario), bajándole los calzones y dándole otro adulto con las disciplinas... Ambos oficios, el de picota y el de verdugo, eran muy codiciados, y solo se concedían al mérito notorio. Las disciplinas se diferenciaban muy poco de las que usan los ascetas; pero tenían la desventaja de no ser esgrimidas por mano propia.

No tacharé, sin embargo, de cruel al maestro Clavijo... ¡Mucho más lo era el pasante! El antiguo sargento distinguíase, por el contrario, como hombre sensible y cariñoso, y recuerdo innumerables rasgos suyos de ternura... verdaderamente maternal (que no paternal) con los muchachos, sobre todo con los pequeñuelos. Verbigracia, cuando alguno de éstos era víctima de también inefables e innominables descuidos propios de la infancia, él mismo lo metía en la pila, sacaba agua del pozo, lavábalo como una niñera, enjuagábale luego la ropa, tendíala al Sol para que se secara, y, en el ínterin, acostábalo entre las dos zaleas que hacían veces de alfombra en la Presidencia y en la Vicepresidencia, si era invierno, y, si era verano, cubríalo con su moquero de seis cuartas...

Las tardes de canícula presentaba la escuela un cuadro digno de los pintores flamencos de costumbres, o de que entonces hubiera habido fotógrafos. Debía de ser cosa convenida entre el maestro y el pasante que cada uno de ellos dormiría la siesta una de las dos horas que duraba la clase vespertina; el maestro, de tres a cuatro, y el pasante, de cuatro a cinco. Mas, para ello, requeríase, ante todo, que callaran los ciento veinte muchachos durante aquellas dos horas... y he aquí cómo se lograba este milagro. Recostábase don Carmelo en su sillón de vaqueta, y el señor Frasquito comenzaba a dar paseos de tigre enjaulado, rápidos y de puntillas, por el único y vastísimo salón (antiguo alhorí) que servía de aula. ¡A callar!, gritaba, en cuanto el dómine bajaba los párpados, y ya no permitía a ningún niño ni mojar la pluma, ni volver la hoja del libro en que leía, ni rebullirse, ni mirar a nadie ni a nada... Dormíanse todos, por consiguiente, o aparentaban dormirse, y si alguno abría los ojos o la boca, ya estaba encima el señor Frasquito, amenazándole con la correa hasta que los cerraba. Libres y aseguradas de impunidad las moscas, su largo y monótono zumbido era entonces la única voz que sonaba en la escuela, aparte de los ronquidos del benemérito asturiano, cuya alma, en aquel momento, recorría los campos de batalla de Talavera, Ciudad-Rodrigo y Vitoria... Daba fuego la recíproca el maestro al pasante, y a las cinco en punto acabábanse, simultáneamente, la clase y las siestas. No podían, empero, llamarse a engaño los padres de los chicos, puesto que también habían logrado que éstos les dejasen dormir, y no para otra cosa obligaban tiránicamente al sargento Clavijo a que tuviese escuela las tardes de canícula, contra la antigua y buena práctica andaluza.

Los sábados, en la tarde, dirigía siempre el maestro un ligero sermón a sus regocijados discípulos, momentos antes de darles suelta por treinta y nueve horas. Ya se había cantado la Salve, y cada arrapiezo tenía la gorra en su mano (soñando con todo lo que iba a diablear el domingo, desde que Dios echase sus luces hasta bien entrada la noche), cuando don Carmelo daba un correazo sobre su mesa, en señal de atención, y decía: «Señores: mañana es domingo, día de misa de precepto; no hay clase. Oigan ustedes misa mayor en su respectiva parroquia, y además todas las que puedan, pues las almas del Purgatorio no reciben otro consuelo que el que nosotros les enviamos. Traten con respeto y obediencia a sus padres, a los mayores en edad, saber y gobierno y a las personas de posición. Besen la mano a los sacerdotes que encuentren en la calle, y socorran a los pobrecitos con los cuartos que hubiesen de gastar en dulces. Por la tarde vayan ustedes a la novena... tal, y al oscurecer, al Rosario. Y, en fin, vengan el lunes con muchos ánimos de hacerse pronto hombres útiles a sus familias y a la Patria. Vayan ustedes con Dios».

Algunos sábados añadía, en tono confidencial: «Señores: se está acabando la tinta; traigan ustedes el lunes un cuarto, los que puedan, y los que no, procúrense caparrosa y agallas. En el jardín del marqués de Tal hay un hermosísimo ciprés, y el jardinero les permitirá que cojan los gálbulos que haya derribado el aire».

El penúltimo día de cada mes, aunque no fuera sábado, pronunciaba también algunas frases monitorias. «Señores (decía): recuerden ustedes a sus padres que este mes trae treinta (o veintiocho o veintinueve, o bien que mañana es 31), y que, por lo tanto, hay que venir a la escuela con el dinero del pobre maestro, el cual celebraría mucho ser rico y poder enseñar a ustedes de balde.»

Y, en fin, desde 1º de noviembre comenzaba a pregonar este otro bando: «Señores: se acerca el día de la Purísima Concepción, patrona de las escuelas. Hay que traer colgaduras, cera, flores de trapo, candeleros, cornu-copias, dulces, castañas, frutas secas, garbanzos tostados y demás para la gran función religiosa, con refresco y todo, que habrá aquí dicho día, y a la que vendrán únicamente aquellos de ustedes que sean buenos y aplicados. También les exhorto a que vayan reuniéndose los domingos en la noche y ensayando los coros a María Santísima, cuya letra y música conoce todo el mundo. ¡Es menester que nuestra función eclipse la de todas las escuelas de Astorga... donde se hacen con especial magnificencia!».

¡Astorga! ¿Qué nos importaba a nosotros eclipsar a gentes de un país tan distante del nuestro? Pero a don Carmelo le importaba mucho. ¡Don Carmelo tenía sus pasiones en el particular! ¡Don Carmelo no olvidaba nunca ningún capítulo de su pasada historia! ¡Don Carmelo era un hombre esencialmente retrospectivo!

III

Pasemos ahora revista, como anunciamos antes, a las asignaturas y textos de aquella famosísima Academia de primera enseñanza donde aprendieron a leer y medio escribir muchos que han sido luego jueces, promotores, mé-dicos, boticarios, canónigos, catedráticos y hasta periodistas.

Comenzábase por el Jesús o Abecedario. (Jesús era entonces la primera palabra que profería el niño al comenzar a civilizarse. Después seguía la primera letra del alfabeto.)

Pasábase luego al Silabario y a aprender de viva voz, y hasta con música, todo el Catecismo del Padre Ripalda. Por cierto que al llegar a la pregunta: «Decid, niño: ¿Cómo os llamáis?», costaba a algunos mucho trabajo respon-der al tenor del libro: «Pedro, Juan, Francisco, etc.», y respondían: «Valentín, Manuel, Bonifacio», o comoquiera que se llamaban.

Entrábase a continuación a leer en el Libro de obligaciones del hombre, enseguida en El Amigo de los niños, y, finalmente, en El Fleury (sic), tres obras notables que nos enteraban de lo poco o mucho que contenían, sin que don Carmelo se metiese nunca a poner ni quitar, ni a explicar o comen-tar cosa alguna. ¿Qué tenía él que ver con tantas cosas del Antiguo y del Nuevo Testamento como trae a colación, en su célebre Catecismo histórico, el preceptor de los hijos y nietos de Luis XIV?

En punto a Aritmética, no era el maestro, sino el pasante, quien nos enseñaba hasta cuentas de proporción y de compañía, y recuerdo que, para sacar esta última, había que llenar de rayas y guarismos todo un pliego de papel de barba... ¿De qué me han valido los laureles que alcancé en este punto? ¡Hicieron, pues, divinamente en enseñarme a manejar o contar millones, billones o trillones!

Nuestro muestrario para escribir debíase a la pericia caligráfica del propio don Carmelo, a cuya letra sigue pareciéndose mucho la mía y la de todos los que frecuentaron su escuela. También nos enseñaba a reglar papel con un plomo sobre las pautas de madera y alambre; mas por lo que toca a Ortografía y Gramática castellana, nos dejaba en el estado de la inocencia y dueños absolutos de nuestras acciones. ¡El héroe de Bailén y de los Arapiles no había sospechado siquiera que existiesen reglas y trabas para la escritura, después de tanta sangre como les había costado a los españoles su independencia!

En compensación, algunas tardes de invierno (indudablemente en los grandes aniversarios de aquella gigantesca lucha), el antiguo soldado sentía como nostalgia de los campamentos y de las lides, y, después de referirnos varios combates, y sobre todo aquel en que lo hirieron y ganó la cruz, nos decía:

—¡Vaya, caballeros; de todo conviene saber un poco! Voy a dar a ustedes otra leccioncita de equitación.

¡Era de ver entonces la escuela! Todos los muchachos soltábamos plumas, libros y papeles, y nos colocábamos de un lado de las extensísimas y achaflanadas mesas de escribir, muy parecidas a largos caballos, y que de tales servían en semejantes ocasiones.

—¡Pie en el estribo! —gritaba el maestro.

Todos poníamos la mano derecha sobre la mesa correspondiente y el pie izquierdo sobre el banco que de ella nos separaba.

—¡Una! —seguía mandando don Carmelo.

Todos nos alzábamos hasta quedar enhiestos sobre el pie apoyado en el banco-estribo y con la pierna derecha colgando al aire...

—¡Dos!

Todos extendíamos la pierna derecha a lo largo del lomo de aquel prolongado y doble pupitre...

—¡Tres!

Todos pasábamos la pierna derecha al lado opuesto, y quedábamos a caballo sobre la mesa.

—¡Magnífico! —exclamaba fuera de sí el veterano, blandiendo la palmeta sobre invisibles enemigos—. ¡A ellos, muchachos, a ellos! ¡A paso de carga! ¡Viva Dios! ¡Viva España! ¡Viva Fernando VII! ¡Viva la independencia española!

Entonces hacíamos todos como si cabalgáramos en un corcel a galope; principiábamos a mecernos de atrás para adelante, golpeando la mesa con las posaderas y manoteando como si blandiésemos espadas o lanzas, y excusado es decir que libros, papeles, plumas, tinteros, todo rodaba o saltaba que era una bendición de Dios, hasta que el sargento Clavijo, asustado de su propio triunfo, daba la orden de

—¡Alto la carga!

Figúrese cualquiera qué habría sido, entre tanto, de los pantalones claros de color, y el asombro y furia de las madres al ver llegar a sus hijos con toda la horcajadura llena de tinta... Felizmente, tales escenas ocurrían en invierno, como dejo dicho, y casi todos los escolares llevábamos pantalones de paño oscuro. ¡Y, de un modo o de otro, los franceses habían sido pulverizados!

Réstame hablar un poco de la asignatura de Geografía.

Dos textos, guardados como oro en paño, tenía don Carmelo para instruirnos en esta ciencia, y éranse dos listas manuscritas, no sé por quién ni cuándo, que se nos leían todos los viernes para que las aprendiésemos de memoria.

Comenzaba la una diciendo:

«Tiene este Reino de España ciento cuarenta ciudades, que son: En el Reino de Castilla la Nueva, tal y cual; en el Reino de Navarra, esta y la otra», etc., etc., y que concluía (lo recuerdo perfectamente) por este rabillo: «En el Señorío de Vizcaya, Orduña».

¡Y nada acerca de ríos, ni de montañas, ni de límites, ni de ninguna otra particularidad física del territorio español! ¡Nada tampoco de la actual división por provincias, ya realizada entonces! ¡Ni tan siquiera se nombra a

Madrid! ¿Para qué, si no era ciudad? En cambio, justo es decirlo, los que allí estudiamos sabemos hoy perfectamente y podemos lucirnos en cualquier tertulia diciendo de golpe qué poblaciones de España son ciudades y cuáles no. ¡Hemos cantado la lista tantas veces!

Pero vamos al segundo texto geográfico de don Carmelo.

Decía así literalmente, y creo que no era poco decir:

«Lista de las Cortes de los más principales reinos y soberanos europeos:

»Madrid, de España. París, de Francia. Lisboa, de Portugal. Londres, de Inglaterra. Viena, de Alemania. Roma, de Italia. Nápoles, de Nápoles. Varsovia, de Polonia. Berlín, de Prusia. Constantinopla, de Turquía. Copenhague, de Dinamarca. Estocolmo, de Suecia. San Petersburgo, de Rusia. Praga, de Bohemia. Haya, de Holanda. Buda, de Hungría.»

Tal era la división política de Europa que se enseñaba en aquella escuela el año de gracia de 1838, y que, según mis noticias, siguió enseñándose otra docena de años.

Salí yo, pues, de manos del sargento Clavijo con una Europa casi fantástica dentro de la cabeza, y sin conocer las reglas de mi lengua patria; y, cual si ya no necesitara estudiar más acerca de lo presente, pasé a una clase de latín a estudiar lo pasado, a aprender una lengua muerta, a enterarme de las guerras púnicas o de las maldades de Catilina, y a divertirme traduciendo liviandades de la poesía romana.

Figuraos, por consiguiente, mi asombro, y también mi admiración al tupé moral del buen don Carmelo, cada vez que oyese decir y sostener y probar hasta la evidencia a tal o cual lectorcillo de El Eco del Comercio las siguientes verdades: 1.º, que desde 1806 Viena no era la capital de Alemania; 2.º, que existía en Europa un imperio de Austria, de que yo no tenía noticia; 3.º, que ni en Roma vivía el Soberano de Italia, ni había tal Italia en el mundo político, como lo demostraba aquello mismo de «Nápoles, de Nápoles»; 4.º, que Polonia fue despedazada en 1792 y 1793, y dejó de existir en 1795, sin que le hiciese resucitar, como Estado, su heroica lucha en 1830; 5.º, que Bohemia, desde 1556, no pasaba de ser una de tantas provincias austriacas, y que, por consecuencia, todo lo relativo a tal reino, a su corte y a su soberano, caía por su base; 6.º, que no otra cosa pasaba con la pobre Hungría, sierva también entonces del emperador austriaco, a pesar de todos los magyares antiguos y modernos... y 7.º, que, en cambio, existían en Europa, aunque no en la lista del sargento Clavijo, un reino de Piamonte, otro de Grecia y otro de Bélgica, dignos, ciertamente, de ser mencionados en la clase de Geografía de las escuelas públicas.

Pues ¡aún hay más! A modo de postdata de aquella galería de nacionalidades muertas y ensangrentadas, leíase este singularísimo apunte, que mucho me dio que pensar por entonces:

«Nota. Se ha descubierto una nueva parte del mundo, a la que se ha puesto el nombre de Oceanía.»

¡Qué enormidad de apéndice! ¡Qué majestad en la incongruencia! ¡Qué lisura, qué desenfado y qué embuste tan delicioso!

Porque lo cierto es, como sabrán todos los que hayan estudiado en escuelas menos peregrinas, que ni en 1838 acababa de descubrirse ninguna Parte del mundo, ni tampoco fue entonces cuando se puso el nombre colectivo de Oceanía a las islas del gran Océano que no cabía asignar al Asia o a la América. Inventaron tal nombre los geógrafos a principios del siglo actual, y entre las tales islas figuraban muchísimas descubiertas por Magallanes, Van-Diemen y otros navegantes de los siglos XVI, XVII y XVIII.

Pero aun así y todo, ¡qué naturalidad, qué frescura salvaje, qué gracia bucólica había en aquella errónea y trasnochada postdata, referente a toda una Parte del Mundo! ¡Ah, yo me enorgullezco de haber aprendido algo en semejantes condiciones, de haber tenido tantas ideas falsas, de haber estado en tantos errores! Figúraseme, cuando pienso en ellos, como que he vivido en dos planetas o en dos siglos muy apartados el uno del otro, que he estado en dos mundos, que he existido dos veces, como acontecerá al que cambia de religión o al que se casa en segundas nupcias! Por lo demás, permítaseme decir desde ultratumba que me parece mucho más poético aquel modo de ser, en que no sabían las gentes por dónde andaban, ni lo que ocurría más allá del anillo de su horizonte, que este otro en que cualquier mocosuelo es capaz de decirle a uno cuántos lunares tiene en la rabadilla el primer ministro del celeste Imperio.

IV

Ni una palabra más acerca del sargento Clavijo, considerado como profesor de primeras letras, y ¡bien sabe Dios que no ha sido mi ánimo zaherirlo en estos renglones, sino hacer su elogio hasta cierto punto! ¿Tenía él la culpa de no ser un sabio? Y ¿podía enseñarse más y mejor, sabiendo menos? ¿Llegaría nadie a ser maestro de escuela con tan cortas luces y pocas Humanidades? ¿Qué digo pocas? ¡Él no tenía más que una: la que manda Cristo, la humanidad, que también se llama amor al prójimo! Y ¿cabe negar mérito a la hercúlea tarea de meterse a enseñar sin saber nada? ¿No revela esto, cuando menos, grandísima fuerza de voluntad, conocimiento del corazón humano, o profundo y filosófico desdén a la sabiduría? ¿Desconocerá alguien que Sócrates, el ilustre, el insigne, el incomparable maestro de Platón y Antisthenes, acabó por donde empezó el sargento Clavijo, esto es, reconociendo que no sabía nada, o, por mejor decir, que en el mundo no había nada que saber ni que enseñar?

¡Descanse, pues, tranquilamente mi respetable y querido maestro, el aliado de mi inocencia, el cómplice de mi ignorancia! A la edad de setenta años, y cuando yo tenía ya veinticinco y rodaba por el mundo, dejó la instrucción pública y se retiró a la vida privada. Un verano, que fui a mi siempre grata ciudad natal (Jaén), a desaturdirme de las vanidades de la corte y a visitar los pobres majuelos que heredé de mis padres, topé con él en un solitario camino. Iba caballero en la más alegre y lustrosa borrica que haya podido nunca reemplazar sin desventaja a un trotón de guerra. Llevábala enjaezada con estribos, bocado y todo, como si fuese el más brioso corcel, y la ilusión habría sido completa sin el cesto de uvas y de higos, cubiertos de pámpanos, que sujetaba sobre el arzón con el brazo derecho...

¡Muy viejo estaba!... pero risueño y tranquilo. Lo reconocí en el acto, y él lloró de júbilo al enterarse de quién era yo. Diome a probar sus higos y uvas, y nos separamos para siempre.

Murió tan digna y feliz persona pocos meses después, y de seguro que inmediatamente subió al cielo, donde, como ya he dicho, no podrían menos de colocarle entre los grandes héroes de a caballo, sin tener para nada en cuenta la parte literaria y pedagógica de su vida. Mientras tanto, había yo vuelto a la corte, o sea a mis cuarteles de invierno, y hasta dos o tres años más tarde, que regresé a mi pueblo a vender unas viñas, no supe que el antiguo maestro de primeras letras solo vivía ya en la memoria de sus discípulos.

Libros a la carta

A la carta es un servicio especializado para
empresas,
librerías,
bibliotecas,
editoriales
y centros de enseñanza;
y permite confeccionar libros que, por su formato y concepción, sirven a los propósitos más específicos de estas instituciones.

Las empresas nos encargan ediciones personalizadas para marketing editorial o para regalos institucionales. Y los interesados solicitan, a título personal, ediciones antiguas, o no disponibles en el mercado; y las acompañan con notas y comentarios críticos.

Las ediciones tienen como apoyo un libro de estilo con todo tipo de referencias sobre los criterios de tratamiento tipográfico aplicados a nuestros libros que puede ser consultado en Linkgua-ediciones.com.

Linkgua edita por encargo diferentes versiones de una misma obra con distintos tratamientos ortotipográficos (actualizaciones de carácter divulgativo de un clásico, o versiones estrictamente fieles a la edición original de referencia).

Este servicio de ediciones a la carta le permitirá, si usted se dedica a la enseñanza, tener una forma de hacer pública su interpretación de un texto y, sobre una versión digitalizada «base», usted podrá introducir interpretaciones del texto fuente. Es un tópico que los profesores denuncien en clase los desmanes de una edición, o vayan comentando errores de interpretación de un texto y esta es una solución útil a esa necesidad del mundo académico.

Asimismo publicamos de manera sistemática, en un mismo catálogo, tesis doctorales y actas de congresos académicos, que son distribuidas a través de nuestra Web.

El servicio de «Libros a la carta» funciona de dos formas.

1. Tenemos un fondo de libros digitalizados que usted puede personalizar en tiradas de al menos cinco ejemplares. Estas personalizaciones pueden ser de todo tipo: añadir notas de clase para uso de un grupo de estudiantes,

introducir logos corporativos para uso con fines de marketing empresarial, etc. etc.

2. Buscamos libros descatalogados de otras editoriales y los reeditamos en tiradas cortas a petición de un cliente.